秋はまぐり
料理人季蔵捕物控

和田はつ子

時代小説文庫

角川春樹事務所

目次

第一話　長屋はぎ

一

　涼やかな風がふわりと頰《ほお》を撫《な》でて、可憐《かれん》な薄桃色の萩《はぎ》の小さな花が、市中のそこかしこに咲き始めると、江戸はすでに秋であった。

「春はだんだんに暖かくなるけれど、秋はある日突然、夏から変わってもう戻らない。潔いのが秋ね」

　日本橋は木原店《きはらだな》にある一膳飯屋《いちぜんめしや》塩梅屋《あんばいや》の看板娘おき玖《く》は、主季蔵《あるじとしぞう》に話しかけて、ふと、潔い秋の訪れはまるで、季蔵のようだと思った。

　先代の塩梅屋長次郎《ちょうじろう》の忘れ形見であるおき玖は、父の連れてきた季蔵に遭った時のことを思い出していた。理由《わけ》あって、大身《たいしん》の旗本家を出奔《しゅっぽん》した後、その日の暮らしにも窮していた季蔵が、長次郎の勧めで武士を捨て料理人となった。おき玖は、日々包丁を手にする町人姿の季蔵が、過去を語るのを聞いたことはなかった。

　季蔵は秋茄子《なす》を焼いている。

このところの心地よい涼風が、茄子から一層の旨味《うまみ》を引き出してくれている。この時季の茄子には独特の得も言われぬ甘みがあった。

丸のまま七輪の網の上で焼く。皮がぱりぱりしてくる頃、中の身にふっくらと火が通る。皮を剝《む》き、茄子の姿を残して長皿に盛りつけ、醬油《しょうゆ》、もしくは梅風味の煎《い》り酒《ざけ》をかけ、おろした生姜《しょうが》を添えて食べるのが、塩梅屋流茄子の焼き浸《びた》しであった。

暮れ六ツ（午後六時頃）の鐘が鳴ると、下働きの三吉《さんきち》が暖簾《のれん》を掛けた。

油障子が開いて三人連れの馴染《なじ》み客が入ってきた。髷《まげ》に白いものが混じっている一番年嵩《としかさ》が履物屋の隠居喜平《きへい》、大工の辰吉《たつきち》は痩《や》せぎすの中年者で、密《ひそ》かに役者顔だと自負している若い勝二《かつじ》は、指物師《さしものし》の婿養子であった。

「いらっしゃいまし。すっかり涼しくなって、いい時季になりましたね」

朗《ほが》らかに応対して、急いで酒の支度にかかったおき玖は、

――まあ、今日はどうした風の吹き回し？――

常とは違う三人の様子を見守っていた。

「ほう、秋茄子か」

喜平はどっかりと床几《しょうぎ》に腰を下ろしたが、いつもは競い合うように座る辰吉がまだ立ったままである。

「そういえば、鈴虫の鳴き声も日に日に賑《にぎ》やかになってきましたね」

待ち兼ねたのか、勝二が腰を下ろしても辰吉はまだ立ったままでいる。

らね」

「長次郎さんの頃からここの秋茄子は格別だよ、何せ、炭が紀州備長炭《びんちょうずみ》ってえ極上品だか

喜平は綻《ほころ》んだ顔で箸《はし》を手にして、

「秋茄子の最初の一味は酒抜きで食わないと勿体《もったい》ない」

薄萌黄《もえぎ》色の茄子の身を摘《つま》んだ。

「どうぞ、おかけくださいな」

おき玖は辰吉の場所と決まっている、喜平と勝二の間に酒と猪口《ちょこ》を用意した。

辰吉は弾みで大酒を飲むが、それほど強くはない。すぐに目に怒りが漲《みなぎ》って、喜平とやり合うことになる。

そもそもは、嫁の寝姿さえ盗み見るという助平心が過ぎて、倅《せがれ》に隠居させられた女好きの喜平が、亭主の辰吉とは好対照の豊満な身体つきの女房おちえを、〝あれは褞袍《どてら》で、女ではない〟と酔いに任せて呟《つぶや》いたことにある。

一方、辰吉は大食い競《くら》べで出遭ったおちえに、今でもたいそう惚《ほ》れきっていて、褞袍と称した喜平と大喧嘩《げんか》となり、これが酔うたびに繰り返されてきた。

今ではもう、悪酔いするから喧嘩を売るのか、喧嘩を売りたいから呑《の》むのか、辰吉自身にも、見守る周囲にもわからない有様だったが、一時、喜平が風邪《かぜ》をこじらせて重篤になった際、辰吉は意気消沈して、いっこうに酒が進まなくなった。

「ようは喧嘩友達で、喧嘩するのは仲のいい証《あかし》なんですよ」

喜平が快方に向かったと聞いた時の勝二の言である。

――ということは、辰吉さん、喜平さんと何かまずいことがあったのかしら?――

おき玖はまだ腰をおろそうとしない様子を案じた。

「この際、礼を言わねえといけねえと思ってね」

辰吉は喜平を見つめている。

「はて、あんたに礼を言ってもらう筋なぞ、思い当たらないがな」

ややぞんざいな物言いで喜平は、猪口をぐいと呷《あお》って、

「おや、酒の味が昨日までと変わってる。ほんの少し熱めだ。涼風に合わせて加減するとは、たいしたもんだ」

おき玖に向かって頷《うなず》いた。

「一言礼を言わねえと気がすまねえ。女房のおちえにって、長屋はぎを届けてくれてありがとう。大喜びしたおちえが使いの奴にしつこく訊《き》いたところ、履物屋桐屋《きりや》の御隠居、つまり、あんたからの頼まれ事だってわかったのさ」

辰吉が頭《こうべ》を垂《た》れると、

「年寄りの気まぐれだよ」

相手は眉《まゆ》一つ動かさず、

「さすが喜平さん、粋《いき》なはからいですよ」

勝二が持ち上げると、

「ちょいとした遊び心さ」

喜平はやっと照れ臭そうに笑った。

「長屋はぎを食べられたなんて、あたし、おちえさんが羨《うらや》ましいわ。今時分、あれを食べると運が付くって、もっぱらの評判だし、何より、両方のほっぺたが落ちちまうかと思うほど、美味《おい》しいんだそうだもの」

長屋はぎとは周りを武家地に囲まれた松島町鈴虫長屋に住む老女ひさが、娘の祥月《しょうつき》命日のある秋供養のこの月に、供養を兼ねて作る餅菓子《もちがし》おはぎである。

「それにしても、おはぎってえのは萩の花の色に例えての名だろ？　はかなげな風情があっていいし、しっとりした漉《こ》し餡《あん》の甘さも何ともいえない。まさに細面《ほそおもて》で柳腰《やなぎごし》の美女ここにありさ」

喜平の酔いは、とかく女の話を引き寄せる。

「俺はおちえのぼた餅が気に入ってる。ぼた餅もおはぎもどっちも中身は半殺しの糯米《もちごめ》だ。半殺しには、ぼってり、こってりした粒餡がよく合ってる。女に例えりゃ、食いごたえのある、うちのかかあみてえなもんだが、満更《まんざら》でもねえぞ」

すでに辰吉は喜平と勝二の間に座って、目を怒らせつつ盃を傾けていた。

ちなみに物騒な名の半殺しとは、杵《きね》と臼《うす》で搗《つ》く正月の餅のようではなく、わざと半搗きにして米粒の食感を残す調理法である。

「秋ならではの寂しさ、美しさ、切なさがあってこそ女というもんだ」

頓着せずに喜平は言い切り、

「とっつぁんの日記によれば、牡丹《ぼたん》餅が略されてぼた餅となり、萩の花の方がおはぎとなったそうです。おはぎは、元は京の女房言葉で、萩の花を想《おも》わせる萩の餅が転じて、はぎ、おはぎとなったようですね」

季蔵はあわてて、長次郎が遺《のこ》した、食についての覚え書きを引いて話の矛先を変えた。

――仲のいい証とはいえ、たまには喧嘩をせずに、長屋はぎがもたらしてくれた、なごやかな時を過ごしてもらいたい――

「あら、おはぎが萩の花だなんて、今まで知らなかった。何って雅《みやび》やかな名付けなんでしょう！　さすが京だわね」

おき玖の言葉に、

「ただし、京でも、粒餡を巻いた牡丹餅の方が先に作られていて、春供養、秋供養を区別するために、漉し餡による萩の花が工夫されたとのことです」

季蔵がさらなる謂《い》われを話した。

「ああ、やっぱり、あたし、漉し餡の長屋はぎが諦《あきら》められない。あっという間に売り切れで、もう食べられないとわかると、益々食べたくなるものなのよね。来年こそ、絶対、鈴虫長屋の前に、前の晩から並んででも買ってみせるわ」

季蔵に目配せしたおき玖は、さらに話を転じた。

「実は俺も、子どもに食べさせたいから、買ってこいと舅《しゅうと》の親方や女房に言われてて、市中で見かけた長屋はぎを必死で追い掛けたんですが、一足違いで、口惜《くや》しい思いをしたんです。喜平さんはよく手に入れることができましたね」

勝二が首をかしげると、

「それはまあ、この年齢《とし》まで生きてくると、いろいろあるわな」

喜平はにんまりと笑って小指を立てると、

「おはぎ作りの名人のおひささんは、昔、なかなかの別嬪《べっぴん》でね。病気の亭主と女の子を抱えて、仕立ての仕事で細々と暮らしを立てていた。そんなある時、ちびた安下駄を直しに来て、こっちはあんまり、素足が綺麗《きれい》だもんだから、つい、ふらふらっとして、誰と決めずに拵《こしら》えてあった上等の桐下駄をやったことがあるのさ。おひささんは、そのことを今でも恩義に感じてて、ずっと長屋はぎを届けてくれてるんだよ」

しみじみとした口調で続けた。

おひさの作るおはぎは、当初、亭主や一人娘の仏壇と墓に供えて、残りを隣り近所に配っていただけであった。

ところが長屋はぎの美味《うま》さが格別だという評判が立ち、方々からの作ってほしい、売ってほしいという声に押されて、普段は花売りで祖母と二人の糊口《ここう》を凌《しの》いでいる孫の小夜《さよ》が、この時季、三日に限って、百個ほどのおはぎを天秤《てんびん》棒を担いで売り歩くようになったのであった。

おはぎ作りの名人おひさの行方《ゆくえ》が知れなくなったのは、それから何日か過ぎてのことであった。

二

岡っ引きの松次《まつじ》が、珍しいことに、一人で塩梅屋を訪れた。

「親分お一人？」

首をかしげたおき玖が松次が障子を閉めた戸口にまだ目を向けていると、

「北町奉行所の定町廻《じょうまちまわ》りがお役目の田端《たばた》の旦那はお忙しい。長屋住まいの婆さんの神隠しまで、いちいち、旦那の耳に入れるこたあできねえよ」

むっつりと応《こた》えて、まずは茶を啜《すす》ると、昼時だというのに、

「飯はいらねえよ」

季蔵に断った。

下戸《げこ》の松次は、なかなかの食通であり、三度の飯を美味く食うことが生き甲斐《がい》のように見受けられる。

「何か案じているようですね」

季蔵はおき玖が甘酒を出すのを待って話しかけた。下戸の常で、松次も甘味に目がない。

人肌に温めた甘酒を一気に飲み干した松次は、ふーっと大きなため息をつくと、

「もう一杯」

唸《うな》るように声を絞った。

「親分が案じているのは、神隠しに遭った長屋住まいの方ですか？」

「そうなんだが――」

松次はおき玖が運んできた二杯目の甘酒を酒のように呷ると、昨夜から、おひさの行方がわからなくなっている話をして、

「それがどうやら、拐《かどわ》かしみてえなんだよ」

金壺眼《かなつぼまなこ》を思いきり瞠《みは》った。

「拐かしなら、すぐに田端様にお話しして、お力をお借りにならないと――」

「そうは言っても、辻褄《つじつま》のおかしな話を旦那に伝えるわけにはいかねえ」

松次は口をぐいと引き結んだ。

「おかしな話というと？」

季蔵は先を促す。

「拐かした奴からの文《ふみ》を孫娘のお小夜が俺のところへ届けてきた。それが何とも妙なんだよ。おひさの命が惜しければ、これから、長屋はぎを五百個作って、市中で売るようにってえんだから。こんな妙な拐かし話、田端の旦那に伝えるわけにはいかねえだろう？　あの旦那はここの働きの鋭いお方だから――」

松次はこつんと自分の頭を指で弾《はじ》いて、

「質《たち》のよくねえ、新手の売り込みだと疑われるにちげえねえよ。きっと、おひさやお小夜

にお咎《とが》めが及ぶだろう」

　自作自演を仄《ほの》めかして、浮かない顔になった。

「たしかに、このことが瓦版《かわらばん》にでも書き立てられれば、長屋はぎは今以上の人気になるわね。今もたいそうな人気だけれど、百個しか作れないんじゃ、幻の逸品に近いわ。でも、五百個がおひささんの拐かし話に乗って、飛ぶように売れれば、長屋はぎの名はまた一段と上がる。五百個の売り上げで元手ができれば、人手も集められて、長屋はぎの店が開けるかもしれない」

　思わずおき玖が言葉を挟むと、

「俺はおひさをよく知ってる。若い頃からずっと身を粉《こ》にして、病気の亭主やこぶ付きで出戻った娘、その娘が遺した孫娘の世話に明け暮れてきた。金に困っていねえ時はなかったが、気性はまっすぐで、拐かしを装って金を稼ごうなんていう、腐った性根《しょうね》は持ち合わせちゃいねえよ。だから、長屋はぎはあれほど美味いんだ。俺は毎年、秋供養が近づくと、毎朝、まだ暗いうちから、松島町へ行き、鈴虫長屋を見張る。花籠《はなかご》じゃあなく、天秤棒を担いで出てくるお小夜から、いの一番に長屋はぎを買うためだ」

　松次は長屋はぎの甘さと美味さを思い出したのか、ちろっと舌の先を唇に這《は》わせた後、

「五百個分の糯米や小豆《あずき》、砂糖は俺が何とかする——」

　季蔵をじっと見つめて、

「だからこの通りだ。あんたに作ってもらいたい。そうしねえと、おひさは殺されちまう

だろう。俺はまだまだ、名人の長屋はぎが食いてえんだよ。この通りだ」

深々と頭を下げた。

「頭を上げてくれないと困ります」

季蔵は慌てた。

塩梅屋は飯と菜、酒を出す一膳飯屋でありながら、折に触れて、さまざまな菓子作りを手がけてきた。

とはいえ、季蔵は菓子作りの修業をしたことはなかった。先代長次郎の書き残した日記の一部を参考にして、見様見真似《みようみまね》でやってきただけなのである。

――所詮《しょせん》、素人《しろうと》芸だ――

限られた客相手なら、自分流を貫いて作った菓子を、受け容《い》れてもらうこともできるだろうが、五百個もの長屋はぎを市中で売るとなると、自信などあろうはずもなかった。

――まして、長屋はぎを作るとなると――

季蔵はおき玖同様、まだ、漉し餡の長屋はぎを食したことがなかった。

――しかし、拐かした奴の言っている通りにしなければ、おひささんの命が危ない――

食材を工面すると言い切った松次の心意気に報いるためにも、これはどうしても、やり遂げなければならないと心に決めて、

――そうだ、お小夜さんなら多少は長屋はぎの手ほどきを受けているはずだ――

「孫娘のお小夜さんを呼んでいただけませんか」

「引き受けてくれるんだな」

松次の顔がぱっと輝いた。

それから一刻半(約三時間)ほど過ぎて、背負った花籠から、早咲きの菊と萩の花を溢《あふ》れさせているお小夜が戸口に立った。

小柄で痩せ型のせいか、年齢よりも幼げに見える少女であった。

「松次親分にここに寄るようにって言われてきました。祖母《ばあ》ちゃんのために長屋はぎを五百個、拵えてくれるのはここしかないって――」

お小夜の薄い胸が不安のあまり、上下している。

「祖母ちゃんがどんな目に遭ってるかと思うと、あたし、いつものように花売りに出たものの、声が張れないんです。もう、いても立ってもいられなくて――」

嗄《しわが》れ声のお小夜は、青ざめた頬に涙を伝わせた。

「お願いです」

お小夜は花籠を放り出すように土間に置くと、

「祖母ちゃんを、祖母ちゃんを助けてください。祖母ちゃんに、もしものことがあったら、あたし独りぼっちになっちまうんだもの――。どうか、どうかお願いです」

土間に何度も頭をこすりつけた。

「今時分は、そこにいては冷えるわ。さあ、こっちで甘酒でもお上がりなさい」

おき玖は目頭《めがしら》を押さえながら、お小夜の肩に手を掛けた。

「大丈夫だよ」

おおよその事情を報《しら》されている三吉が慰めた。

「おいら、こう見えても、嘉月屋《かげつや》の旦那さんに餡作りとかの菓子の才があるって認めて貰《もら》ってるんだ」

お小夜が向けてきた目に季蔵が頷くと、

「だからさ、大船に乗った気でいなよ」

三吉はどんと自分の胸を叩《たた》いた。

こうして、お小夜は長屋はぎ五百個作りの計画に加わったが、

「長屋はぎがどんなものか、作って教えてください」

季蔵が頼むと、

「あたしが子どもの頃は寝ている間に、今でも、花売りから帰って疲れて眠っちまってる間に、祖母ちゃんはさっと拵えちまうんです。毎年、目が醒《さ》めると、お決まりの長屋はぎが出来上がってて、届けたり、売りに行くのだけがあたしの役目なんです。だから、作ってみせるなんて、とてもできません」

お小夜は泣きそうになった。

「それでも味は覚えてるよね」

三吉は訊《き》かずにはいられなかった。

「そのはずなんですけど――」

うなだれる一方のお小夜に、

「ほかのところのぼた餅やおはぎと食べ比べたことは?」

おき玖の問いに、

「あります。でも、正直、あんまり違ってるとはとても思えませんでした。どうして、皆さんがこれほどもてはやすのかも――。あたし、お花は大好きで、見て触っているだけで気持ちが浮き立つんですけど、食べ物にはそれほどじゃないんです。すいません。あたしがこんな風だと、祖母ちゃんは助けられないんでしょう?」

お小夜の目から再び涙が溢れた。

「それではせめて、見た通りの長屋はぎを描いてください」

季蔵が筆と硯《すずり》、紙を用意すると、お小夜は漉し餡でくるまれた俵《たわら》型の上に、へらで一筋の川が刻まれた、長屋はぎを描き出した。絶えることなく流れ続けるこの川には、供養と子孫繁栄の願いが託されている。

三

「上手《うめ》えもんだな。今にも、絵の中から長屋はぎが飛び出てきそうだぜ」

三吉は感心して見惚《みと》れたが、

「絵なんか上手くても、やっぱり、祖母ちゃんを助けられない」

筆を置いたお小夜はまた涙ぐんだ。

「長屋はぎに限らず、餅菓子は、糯米と餡に煮る小豆と砂糖、この三つが決め手だと思うんだけど、見当はつかねえんですか？」

すっかり同情した三吉に詰め寄られて、

「決め手が限られているものほど、むずかしい」

季蔵は我知らず腕組みをしていた。

すると、三吉はお小夜の涙に耐えかねたように、

「おいら、一っ走りして、喜平さんに長屋はぎの味を聞いてくるよ。毎年、お小夜ちゃんの祖母ちゃんのおはぎを食べてる喜平さんなら、きっと、これこれ、こういう味だとわかってるだろうから」

さっさと戸口を出て行った。

松次が米屋と雑穀屋の小僧にそれぞれ、糯米と小豆を運ばせてきたのは、それから一刻ほど後のことであった。

「親分、あたし、何と御礼を言ったらいいか――」

お小夜はまだ泣き顔である。

「それがね、ちょいと困ったことになっちまってる」

松次は土間に置かれている、米俵と小豆の入った大袋を見つめている季蔵の方を見て、

「食材は何とかするなんて大見得《おおみえ》を切っちまったものの、貯《たくわ》えが足りなくてね。糯米は五百個分買えたものの、小豆は足りねえし、砂糖までは無理だった」

「後はあたしが何とかします」

言い切ったお小夜は両手で涙を振り払うと、

「いつだったか、花を売ってて、遊び人風の男に声を掛けられ、あたしみたいに貧相でも、とにかく若いのだから楽に銭を稼げる、やってみないかって、誘われたことがありました」

「お小夜ちゃん」

居合わせていたおき玖は絶句し、

「楽な仕事なんてあるもんか。お小夜、おまえ、その仕事が何だか分かって言ってるのか？」

松次の金壺眼が吊《つ》り上がった。

「分かってます。でも、これ以上、皆さんには迷惑をかけられないし、今のあたしには、それしか、祖母ちゃんを助ける手だてがないんです」

「馬鹿野郎。そんな助け方をして、おひさが喜ぶと思ってるのか。大馬鹿野郎」

とうとう松次は大声でどやしつけた。

「親分の声でこっちの耳まで馬鹿になりそうだよ」

三吉が戻ってきた。

「どうだった？　長屋はぎのお味は？」

「喜平さんが言うには、漉し餡に使う砂糖は、老舗《しにせ》の菓子屋と同じものを使ってるはずで、糯米、小豆までも極上のものだろうって。それがどんなに人気があっても、ずっと、売値を上げずに百個しか作ってこなかった、おひささんの拘《こだわ》りだったんだろうってさ」

「祖母ちゃん、〝長屋はぎは銭稼ぎじゃない、祖父《じい》ちゃんやおまえのおっかさんと、買ってくださる方々の身内の供養のためなんだよ。あたしはあの世からの美味しい、美味しいって鳴る、舌鼓《したつづみ》の音を沢山聞きたいんだ〟っていつも言ってた」

お小夜はため息をついた。

「俺もそれには気づいてた。運ばせた糯米と小豆はとびっきりのもののはずだ」

松次が胸を張ると、

「糯米と小豆が極上であれば、何とか、長屋はぎを作ることができるかもしれません」

季蔵は竈《かまど》の方へと歩きかけた。

「どうやって？　小豆は足りねえし、砂糖もねえんだよ」

松次は苛立《いらだ》った声を出した。

「漉し餡に拘らなければいいのです。小豆本来の味が強い粒餡は、繊細な味を楽しむ漉し餡ほどは、砂糖の質を選びません。粒餡に使う砂糖なら、煮物用に買いおいてある、うちの砂糖で事足ります」

さらりと言ってのけた季蔵に、

「どういうこと？　たとえ粒餡だって、ぼた餅ともなれば、糯米俵をくるむでしょうから、やっぱり、小豆は足りないいんじゃないの？」

おき玖は首をかしげた。

「粒餡でくるまず、小豆ほど高くない黄粉《きなこ》や黒胡麻《ごま》を使うのです。これらなら、わたしのささやかな貯えで何とか賄《まかな》えます」

「でも、それじゃあ、長屋はぎとは言えない代物《しろもの》よ」

なおもおき玖は案じ続け、

「小豆の使い途《みち》がないいじゃないか?」

松次は目を白黒させた。

「ちょうどこれぐらいの量の小豆を粒餡に煮れば、黄粉や黒胡麻をまぶす糯米俵の芯にできます。糯米俵は楕円《だえん》なのでその芯は、漉し餡の長屋はぎに、おひささんがへらで付ける川に似た形になるでしょう」

「つまり、たとえ味や形は変わっても、長屋はぎの心は活《い》かされてるってことね」

「そういうことです」

おき玖の言葉に季蔵は笑顔を向けた。

「いっそ、長屋供養はぎとしたらどうだい?」

洒落《しゃれ》を飛ばした松次の顔に、やっといつもの余裕が戻り、

「いいですね、それで売りましょう」

季蔵は大きく頷いた。

この日、臨時休業の札をさげた塩梅屋では、夜っぴいて五百個の長屋供養はぎ作りに勤《いそ》

しんだ。

「悪いが、今日に限って、田端の旦那のお供で夜廻りのお役目があるんだ」

手伝えない事情のある松次以外は、季蔵とおき玖に、

「今日は夜なべで帰れないって、黄粉と黒胡麻を買いに行ったついでに、家に寄って言ってきたよ」

「役立たずでしょうが、あたしにも何か手伝わせてください」

三吉とお小夜が加わっての四人がかりでの大仕事であった。

菓子作りに慣れている慢心が禍《わざわい》し、当初、三吉は、炊き上がった糯米を半殺しにしそびれて、箸で摑《つか》むと伸びる餅にしてしまい、

「それでは、皆殺しだ」

眉を寄せた季蔵は、それは夜食に、あんころ餅で食べることにして、おき玖が握る糯米俵の大きさを、心持ち小さく変えた。

一方、お小夜の器用な手は出来上がった粒餡を、五百個ものやや太めの短い筒型に調える仕事を、つつがなくこなしているように見えたが、四百五十八個目で粒餡が足りなくなった。

「あたしとしたことが——。ああ、どうしたら——」

お小夜は真っ青になって竦《すく》んでしまった。

「大丈夫よ」

粒餡を芯にして糯米俵を握っていたおき玖は、お小夜に微笑《ほほえ》むと、残りの糯米の芯を、細長い昆布《こんぶ》の佃煮《つくだに》に変えて握り終えた。

「何も粒餡だけが、川になれるわけでもないでしょうし。ただし、これには必ず、黄粉じゃない、黒胡麻をまぶしてね」

こうして、後は黄粉と黒胡麻がまぶされて出来上がった。

「どうして、昆布が入ってる四十二個は黒胡麻まぶしなんです？」

お小夜に訊かれると、

「まぶした黒胡麻は、擂ってほんのり砂糖と醤油が混ぜてあって、昆布の佃煮とは黄粉より相性がいいからよ」

おき玖は応えた。

「わあ、煮炊きって面白い」

思わず目を瞠って歓声を上げたお小夜に、

「お小夜ちゃん、根っから煮炊きが苦手だったわけじゃないんじゃない？　お祖母さんのおひささん、年老いた自分が孫の世話になってることが引け目だった上、外で働いて疲れて帰ってくるあんたを労《いたわ》って、きっと、何もさせなかったのよ」

「そんなこと、気にする必要なかったのに――。そういえば、祖母ちゃん、この何年か、目の具合が悪くて、目さえ良くなれば、また、仕立物ができるのにって、いつもこぼしてた。愛宕山《あたごやま》興昭院のこんにゃく閻魔《えんま》に祈願に通ってて、祖母ちゃんは拐かされたんです。

あたしに世話になってるなんて思わず、あんなところまで行かなければ、祖母ちゃんは無事だったかも。あたしさえ祖母ちゃんの気持ちに気づいて、何か言葉をかけてあげてれば、こんなことにはならなかったのかも――」

お小夜は、急にまた、祖母の身の上が案じられてならなくなった。

翌朝、一番鶏の鳴き声と共に、緊張した面持《おもも》ちでお小夜は支度をはじめ、三吉は、

「おいら、昔取った杵柄《きねづか》だけど、さまになるかな」

前置いた後で、

「長屋ぁー、供養ぅー、はぎぃー、はぎぃー、長屋ぁぁ供養ぅぅはぎぃぃ――」

忘れかけていた売り声を披露して、

「それじゃ、頑張ってくるよ」

「行ってきます」

二人は長屋供養はぎの入った大籠を、天秤棒の両端につるすと担ぎ上げて戸口を出て行った。

お小夜は一人で五百個を売る気でいたのだが、

「お小夜ちゃんの身体じゃ、いつもの百個だって重いはずだよ。餅菓子は傷《いた》みが早いし、二度に分けたって、一回に一人で担げる数は、おいらみたいな男でも、せいぜい、五百の半分さ。手伝うよ、任せといてくれ」

子どもの頃、家族のために天秤棒を担ぎ、納豆を売り歩いていた三吉が、助っ人を買っ

て出たのである。

四

「中身だけはおひささんの想いを詰めたけれど、外見は漉し餡の代わりに黄粉と黒胡麻。お彼岸はもう過ぎてしまっているし、長屋供養はぎと銘打って市中で売れるものかしら？」

おき玖はしきりに案じたが、二刻（約四時間）ほどすると、まず三吉が戻ってきて、

「長屋ぁぁ供養ぅぅはぎぃぃって、大声で叫んで回ったよ。長屋はぎは知られてるから、人が集まってきたんで、おいらは〝これは長屋はぎの兄弟分で勝《まさ》るとも劣らない味なんだ、値も漉し餡を使っていない分、安くしてるし、一つ試してみてほしい〟って言ったんだ。どうしようかって、決めかねていた人たちも、買ってくれた一人が、食べたとたん、〝こりゃあ美味い〟と飛び上がると、後は我も我もになった。あっという間に無くなったよ」

空《から》になった大籠をうれしそうに見せると、おき玖の用意した水で喉《のど》を潤し、握り飯を頬張って、一休みした後、

「それじゃ、おいら、また、売ってくるよ。いけるよ、これ全部」

残っていた黄粉と黒胡麻のおはぎがぶらさがって、ずっしりと重たくなった天秤棒を担いで、勢い込んで出て行った。

それから、半刻（一時間）ほど過ぎた頃、戸口に立ったお小夜の大籠も空だった。

「長屋ぁぁ供養ぅぅはぎぃぃって、売り声をかけていたら、〝今になって、何でまた、こ

れが長屋はぎなんだ？〟って訊かれたんです。それで、〝供養は彼岸だけじゃないはずだから、この長屋供養はぎを作りました〟って応えました。あたし、子どもの頃から、祖母ちゃんの言うように、あの世の人たちが飲み食いできるんなら、病で死んだおっかさんや祖父ちゃんだって、美味しいものを、毎日でも食べたいはずだと思ってたんです。すると、通りかかった年配のお侍さんが、〝そりゃあいい。実は独り身の上、忙しさにかまけて、妻の月命日さえ疎《おろそ》かにしていた。妻は、はぎ作りが上手く、餡のほかに、このような黄粉や黒胡麻の変わりはぎも拵えてくれたものだ〟としみじみとおっしゃって、十個ほど買ってくだすったんです。気がついてみると、あたしの前には長い列が出来ていて、皆さん、ひとしきり、今はもうこの世にいないお身内の話をなさって、どうせなら、飽きるほど食べさせてやりたいからと、五個、十個とまとめて買って行ってくれました」

　ほっとした表情のお小夜が、さらに残りを売りに行こうとして辺りを見回すと、

「もう、ここにおはぎは残ってないのよ。長屋供養はぎはたいした評判で、先に帰ってきた三吉ちゃんが、残りも売りに行ってくれたの。だから、少し休んで」

　おき玖から聞いて、

「よかった。これで祖母ちゃんを助けることができます」

　張り詰めていたものが緩んだ弾みで、へなへなとその場に座り込んでしまった。

　この日、こうして五百個の長屋供養はぎが、八ツ刻（午後二時頃）を待たずに売り切れた。

　お小夜の祖母、おひさが戻ってきたのは翌日の早朝、一番鶏が鳴く前であった。

季蔵の朝は早い。

起きだして飯を炊き、葱《ねぎ》の味噌汁《みそしる》を作り、昨夜煮付けた切り干し大根を温めていると、訪れた松次からおひさの無事が報された。

「それは何よりでした」

季蔵は笑顔をこぼした。

実のところ、五百個の約束は果たしたものの、あれから、お小夜のところには、なしのつぶてで、おひさの安否が案じられていたのである。

「朝早くから悪いが、ちょいとおひさの長屋までつきあってくれ」

怒りが心頭に発しているせいか、普段にも増して松次の顔の鰓《えら》が張りだして見える。

「お供します」

「俺は長年の貯えが、五百個の長屋供養はぎに化けたことが口惜しいんじゃねえんだ。悪いことだと知りつつ、金目当てにお大尽《だいじん》を拐かすのなら、まだわからねえこともねえ。金を握って贅沢三昧をやりてえっていうのは、誰しもの本音だからな。けど、長屋住まいの婆さんを拐って、孝行な孫娘を心配させるなんてのは、どういう了見なのか、見当もつかねえ。ただ、弱い者虐《いじ》めのこいつが下《げ》の下だってことだけはわかってる。この一件はおひさが無事、戻ってきて、田端の旦那に報せず終《じま》いになるが、俺は到底気が納まらねえ。こんな人騒がせをして喜んでやがる奴を、許しておくわけにはいかねえんだよ」

松次は憤懣《ふんまん》をぶちまけた。

「よくわかります。おひささんを掠った奴をこのまま放っておけば、味をしめて、同じことを繰り返すでしょう。どうか、親分、こんな酷い遊びを楽しんでいる奴を突き止めて、お縄にしてください。お手伝いならいたします」

よく眠れずにいたせいで赤い目を向けて、季蔵は大きく頷いた。

——親分の気持ちはわかるが、帰ってきたばかりのおひささんは疲れきっているはずだ。すぐに話が聴けるのだろうか？——

季蔵は炊き上がった飯を、手早く、梅干しとおかかを芯にして握ると竹皮に包んで、懐に入れた。

——これで多少なりとも、心と身体を温められれば——

戸口で出迎えたお小夜は、

「報せをもらって飛んできたよ」

松次の言葉に、

「親分、季蔵さんまで——。ありがとうございました」

深々と頭を垂れた。

「おひさは元気か」

「ええ、とても、でも、あの、もしかしたら」

声を低めて、油障子を閉めて路地に出ると、

「お騒がせして申しわけありません」

お小夜はぺたりと地べたにひれ伏して、

「長屋はぎを五百個、配れと言ってきたのは、祖母ちゃんだったのかもしれないんです」

「届いたという文は、おひささんの手跡だったんですね」

松次は啞然《あぜん》として声も出ず、季蔵が念を押した。

「昔、お武家に奉公したことのある祖母ちゃんは、字が上手いんですけど、これは下手くそで――」

お小夜は袖《そで》から文を出して見せて、

「字の上手な祖母ちゃんだって、年齢が来て、こんな具合にしか書けなくなってたのかも――」

脅しの文は、手跡がわかりづらくなるように、わざと金釘流《かなくぎ》で書かれていた。

「とにかく、おひささんの話を聞かせてください」

黙って頷いたお小夜は、二人を家の中へ招き入れた。

一間きりの板敷におひさが、しゃきっと背筋を伸ばして座っている。

――てっきり、休んでいるものとばかり思っていたが――

「祖母ちゃん、三日前にいなくなってから、今までのことを、親分たちがお聞きになりたいそうなの。親分や季蔵さんには、それはそれはお世話をおかけしたんだから、ちゃんと話して」

お小夜が促すと、

「そうかい」

おひさは皺《しわぶか》深い顔を綻《ほころ》ばせて、

「そりゃあ、そりゃあ、今年の彼岸はいい想いができましたよ。何せ、あの世の娘と会えたんだから。あの世にいたのなら、もう、この世に帰ってこずともよかった――」

話し始めた。

呆《あき》れ顔のお小夜は二人の顔をちらちらと見て、

「ずっとこんな具合なんです」

ため息をついた。

「娘さんとは、いったいどこで会ったのです？」

「信心の帰りに青松寺《せいしょうじ》のお墓に寄ったんです。あそこには連れ合いと娘のお美世《みよ》が眠ってますからね。お墓でいつものように手を合わせ、お美世が好きだった萩の花をどっさり摘んできて手向《たむ》けました。そうしたら、驚いたことに、墓の後ろからお美世が笑いながら出てきたんですよ。殴る、蹴《け》るばかりの亭主から、乳飲み子だったお小夜を抱えて、逃げてきたときの窶《やつ》れた様子はなく、娘盛りだった頃の顔色のいい、元気なお美世でした。萩の絵柄の着物もよく映っていましたっけ。お美世は〝おっかさん、いつも来てくれてありがとう。生きている頃、おっかさんには心配のかけ通しだったから、今はあたしに親孝行をさせてちょうだい。あの世はいいとこよ、案内するわ〟と言い、〝この世の人が、あの世に行くのにはこれが要るの〟と目隠しをさせられたんです」

「何か、飲まされるか、食べさせられたりはしましたか？」

――飲み物か食べ物に、強い眠り薬が仕込まれていたのではないか？――

「それはもっと後のことです。見えはしませんでしたが、乗せられたのは駕籠《かご》でした。身体が気持ちよく揺れるあれは、あの世行きの駕籠だったんでしょうね。お美世の言っていたように、あの世は畳が真っ青でいい香りがしてて、蓮《はす》の花がいちめんに咲き乱れていて、それはそれは綺麗なところでした。そこでお美世といろんな話をして一緒に過ごしたんです。寝る間も惜しかったくらいでした。別れるのが辛《つら》い、このままここに居たいと言うあたしに、〝これは極楽の仏様の格別なおはからいなのだし、おっかさんには、何より、お小夜の行く末を見守っていてもらわないといけないから〟と最後はお美世も涙声でした」

五

「祖母ちゃんは幽霊のおっかさんと居たと言って、きかないんですよ。でもね、幽霊なら足がなくて、姿だって死んだ時のままのはずでしょ。枯れ尾花を幽霊と間違えたっていう、あれなんじゃない、祖母ちゃん。祖母ちゃんがどっかで寝惚《ねぼ》けてたせいで、皆さんにどれだけ迷惑かけたかしれないんだよ」

とうとうお小夜も黙っていられなくなった。

「寝惚けたなんてことないよ。あれは酔っ払いのすることだろ。酒の呑めない質《たち》のあたしは、いくらお美世に勧められても、盃には口をつけなかった」

　いささか気を悪くしたおひさは孫娘から顔を背けた。

「さぞかし極楽じゃ、美味いものが食えたんだろうね」

　とりなすように松次が初めて口を開いた。

「それはそれはもう。死ぬまでに一度は食べてみたかった、あの菊乃屋《きくのや》の海鮮鮨《かいせんずし》まで出てきたんですから――」

　おひさの言葉に、思わず季蔵と松次は顔を見合わせた。

　団子坂にある菊乃屋は、今時分、菊見のお大尽たちが立ち寄る高級料理屋で、蓮や干し椎茸《しいたけ》、干瓢《かんぴょう》等、五目の具の入った鮨飯の上に、生きのいい旬《しゅん》の細魚《さより》や甘鯛《あまだい》の刺身をあしらった海鮮鮨で知られている。

　――こりゃあ、間違いなく、この世で起きた話だな。だが、どうして、こんな金ばかりかかる、手の込んだ騙《だま》しをする奴がいるんだ？――

　松次の目が問い掛けてきた。

「お美世さんとは、どんな話をしたのです？」

　季蔵は何としても、この狐《きつね》に抓《つま》まれたような話の真相を知りたくなった。

「大川の花火や暮れの酉《とり》の市《いち》なんかに行った時のことで、どうということのない昔話だったけど、うれしかったのはね――」

　おひさは幸せそうに微笑んで、畳んであった錦紗《きんしゃ》の被布《ひふ》を広げて見せた。

「これね、お美世があの世で拵えてくれてたもんなんですよ」

「その代わり、祖母ちゃんはこれは恩ある人の形見だって言ってた被布を、やってしまったじゃないの」

お小夜が咎める口調になると、

「お美世は信心に行ったり、墓に来るあたしが、あの被布をもう何年も着ているのを見ていたんだそうです。古くなって、色も褪《さ》めてきてるのが気になってて、それで、よく似た錦紗を選んで、あたしのために縫い上げてくれたんだそうです。そんな心の籠《こ》もった物を貰っておいて、その代わりに欲しいと言われたお古をやらないなんて言えるものかね。お美世はこれさえ着てれば、たとえあの世に居ても、いつでもあたしを思い出せると言ってくれたんだもの」

おひさは目を瞬《しばた》かせた。

「娘さんと被布を取り替えたのですね」

季蔵が念を押すと、くたびれた縞木綿《しまもめん》の着物には、いささか不似合いな真新しい被布を羽織ったおひさは、

「ええ、ええ、そうですよ。お美世だけじゃない、あたしだって、こうして、袖を通していると、想ってくれる娘の心が伝わってくるんです」

酔いしれたように目を閉じた。

——どうやら、これは被布が肝《きも》ですね——

季蔵は松次に目で知らせた。

頷き返した松次は、

「お美世と取り替えた古い被布は、あんたの恩ある人から貰ったもんだって、さっきお小夜が言ってたが、どんな経緯《いきさつ》だったんだい？」

やや声を張っておひさの目を開けさせた。

するとおひさの目が一瞬、きらりと輝いて、

「不運が続いて、長い間、こんな風ですが、あたしは繁盛《はんじょう》してる薬屋の娘に生まれて、嫁入り前はそこそこの暮らしをしてました。兄が店は継ぐことになってて、一人娘には、何より、良縁をと考えた両親の勧めで、牛込《うしごめ》にある御大身の御旗本、倉田《くらた》様の御屋敷に奉公に上がったんです。そこは御大身だけあって、御側室が何人もおいでで、あたしがお仕えしたのは、一番若い春奈《はるな》様でしたが、奥方様をはじめ、他の側妾《そばめ》たちにたいそう妬《ねた》まれて、とうとう、亡くなってしまいました。毒を盛られたんです。お美世にやった被布は、枕から頭を上げることも出来なくなった春奈様が、形見にしてほしいと言って、くださったものです。これを持っていれば、困った時、きっと助けてくれるだろうからとおっしゃって――」

「一度や二度、役立てようとしたこともあったんじゃねえか？」

松次がぎょろりと目を剝いた。

「お察しの通りです。亭主や娘の薬代が嵩《かさ》んだ時に、骨董《こっとう》屋に持ち込んだことがありまし

た。もしかしたら、深い謂れのある品かもしれないと思ったんです。でも、どこでもただの古い被布だと言われて、相手にはされませんでした。古着屋に叩き売らなかったのは、そこまでしては、無念にも殺された春奈様の罰《ばち》が当たるような気がしたからです」

「どんなものだったか、覚えていますか？」

季蔵はお小夜を見た。

――絵心のあるお小夜さんなら、絵柄を忘れていないはずだ――

「よく覚えてるよ、だって――」

そこでみゃーっと猫が一鳴きした。

「ちょっと待っててね」

油障子を開けて、真っ白な猫を抱き上げて戻ってきたお小夜は、

「祖母ちゃんの被布はこんな風」

片袖から、亀甲《きっこう》模様の被布を羽織ったおひさが、猫を抱いている姿が描かれた絵を取り出して見せた。

「この猫ね、シロって、あたしが名付けたんですけど、元は迷い猫だったの。綺麗な毛並みをしてたから、どっかで飼われていたものじゃないかってことになって、あたし、案じている飼い主を探すために、猫を描いたこの絵を、あちこちの迷子石に貼《は》り付けて歩いたんです。祖母ちゃんと一緒に描いたのは、猫好きな祖母ちゃんのためと、見つけた飼い主が、ここに引き取りに来られるようにって――」

絵の右下には、鈴虫長屋ひさ預かりと記されていた。

「見事な出来映えですね」

季蔵は赤と金色に彩色された亀甲模様に見入った。

「猫が白いから、どっかに色を付けないと目立たないでしょう？　あたし、絵が好きだから、描き出したら凝らずにはいられないんです。今は古くなってる被布も、新しかった時は、きっと、このくらい鮮やかだったに違いないって思えて、浮世絵師のお弟子で相長屋の繁吉《しげきち》さんに貰った絵の具を使ってみたんです」

「これは目立ったはずです」

「でも、シロの飼い主はまだ見つかってないんですよ。でも、まあ、うちは祖母ちゃんもあたしも猫好きだからいいんですけどね」

お小夜が愛《いと》おしそうに背中を撫でると、シロは気持ちよさそうに喉を鳴らした。

「一度、シロを探してここに来たお人がいたじゃないか」

おひさが手を伸ばすと、シロはすいとその膝に移って目を閉じた。

「そいつはいったい、どんな奴だったんだい？」

松次が身を乗りだした。

「名乗らなかったし、ちょっと様子が変な人だったよね、祖母ちゃん」

お小夜の言葉に、

「他人様《ひと》のことをそんな風に言うもんじゃない。暮らしぶりのいい御隠居さんだったよ」

おひさは眉を寄せたが、

「たしかにそうなんだけど、あの男《ひと》、被《かぶ》った頭巾《ずきん》から見えている鬢《びん》のはしは真っ白なのに、太い眉毛は真っ黒。年寄りなんかじゃないとあたしは思う」

お小夜は言い切った。

「どんな話をしていきましたか？」

「お小夜は花売りに出てて、あたしがお相手したんです。シロを見たいとおっしゃったんですが、シロも遊びに出てて、それで、しばらく、四方山《よもやま》話に花が咲きましたよ」

聞いた松次の目が光った。

「その時、あんたは被布は着てたのか？」

「ええ、もちろん。外へ出る時とお客様の前では、多少、身繕《みづくろ》いをするので。お茶を出しながら、あわてて着ましたよ」

「当然、着ていた被布の謂われも話したのでしょう？」

季蔵に訊かれたおひさは、

「身なりのいい相手を前に、何も今の暮らしを恥ずかしく思って、よかった頃の自慢話をしたわけじゃないんです。その人があんまり、着ていた被布を褒めそやすものだから、ついつい――。若い頃がなつかしくて」

そっと目を伏せた。

「この後、あたしとシロとほとんど同時に戻ったんです。その男、一目シロを見て、〝残念だが、いなくなった猫じゃない〟って、首を横に振って出て行きました。白い鬚に黒い眉も変だったけど、飼っていた猫とよく似た猫をあたしの絵で見て、訪ねてきたわりには、あっさりしすぎておかしいと思いました」

「そうかねえ、あたしには悪い人には見えなかったけど――。死んだ亭主やお美世の話なんかも聞いてくれたしねえ」

　おひさはぼそぼそと呟き、

「お美世さんのどんな話をしたんです？　もしや、萩が好きで、この花の絵柄の着物が好きだったことも話したのでは？」

　季蔵が畳みかけると、

「そりゃ、もう。萩があれほど好きだったから、花が綺麗なこの時季に逝《い》ってしまったんですからね、お美世は」

　おひさはしんみりして目頭を押さえた。

　この後、
　あさりぃぃ――しーじーみよぉーいぃぃ――むきみよぉーい――

　朝の売り声が響いて、目を開けたシロは、みゃあ、みゃあと甘え声を出して餌《えさ》をねだった。

六

「これを皆さんで分けて食べてください」

季蔵は懐から竹包みを出して、お小夜に渡し、

「あの御隠居さんがすぐに出て行ったのは、急に加減が悪くなったからさ。年寄りにはありがちなことで、大きなくしゃみを何度もして咳《せ》き込んでた。それをそっけないなんて言うのは、やっぱり、おまえの思い違いだよ」

なおも、話好きだった客人を庇《かば》い続ける、おひさの話を聞きながら戸口を出た。

九ツ（正午）の刻限を告げる鐘が鳴った。そろそろ昼時である。

松次はぐうと腹の虫を鳴らして、

「そういや、大事な朝餉《あさげ》を忘れてた。腹が空《す》きすぎると、さっぱり、ここが働かねえもんだな」

狭い額を人指し指でこづいた。

「お寄りになってください」

季蔵は塩梅屋に誘った。

「あら、親分もご一緒で。ごめんなさい。米が足りないことに今日の朝、気づいて、届くのは昼過ぎなの。賄いの昼餉、粟飯《あわめし》で勘弁して」

おき玖が米と半量の粟で粟飯を炊きあげていた。

「独特の匂《にお》いがあって、ぱらぱらしてる粟飯には、強い味の菜が合うのよ」

三枚に下ろして中骨を取った鰯《いわし》をそっと茹《ゆ》でて、皮を剝いて短冊切りにした独活《うど》と戻した木くらげと一緒に、出汁《だし》と酒、醬油で煮上げ、胡椒《こしょう》を一振りした。

「しめじの海苔《のりず》酢も合いそうですよ」

季蔵は手早く出汁でしめじを煮て、汁気を切ると、酢を加えて醬油を垂らし、もみ海苔と和《あ》えた。

「これは、菊乃屋にも負けねえ御馳走《ごちそう》だ」

松次はしばらく黙々と箸を動かして、菜で粟飯を二膳食べ終えると、

「実は今日も、季蔵さんにつきあってもらってたんだよ」

おひさが戻ってきたことを告げた。

「まあ、よかったじゃないですか」

すでにおき玖の目は潤んでいる。

「よかった、よかった、これ以上のよかったはないくらいよかった――」

「それがな――」

松次は季蔵と共に、鈴虫長屋で聞いたことを事細かに話した。

「すると、行方不明になっていたおひささんは、掠われたんじゃなくて、あの世の娘さんについていっただけなんですね」

おき玖は一度は頷いたものの、

「あたし、その話が羨ましいわ。今、親分に召し上がっていただいた鰯のせんば煮は、あたしがおとっつぁんよりも美味く作れる、たった一つの菜で、よく酒の肴《さかな》に作ってあげたもんなんです。いつも、これをまた、食べてもらいたいって思ってるんです。あの世のお美世さんもきっと、あたしと同じような気持ちで、おっかさんに孝行がしたくなったんだと思うけれど、一つ、合点がいかないのは、どうして、お美世さん、おっかさんが下戸だって知ってて、お酒を勧めたのかしら? たしかに菊乃屋の海鮮鮨は知られてて、みんなの憧《あこが》れだけど、おひささんとお美世さんだけのしんみりできる思い出の味が、もっとほかにあるはずだと思う」

首をかしげて、二人の顔を交互に見た。

「おひささんが連れて行かれたところは、極楽などではなく、蓮の花が描かれた大屏風《びょうぶ》を張り巡らした、どこぞの屋敷だったと思います。目が悪いので屏風の蓮が咲いているように見えたのでしょう」

季蔵が言い切ると、

「俺もそう思う。手掛かりは被布の他にもう一つ。菊乃屋の海鮮鮨だ。出張料理を頼んだ者がいないか、これから菊乃屋へ行って訊いてくる」

松次は、即座に立ち上がって戸口へと向かった。

見送ったおき玖は、

「話を聞いてて思ったんだけど、この先、おひささんとお小夜ちゃんの心のすれ違いが心配だわ。おひささんは娘が、わざわざあの世から孝行に出てきてくれたと信じてて、わが娘にもう夢中。お小夜ちゃんの方は、あれほど心配して苦労もしたのに、それは酷《ひど》いんじゃないかっていう想いのはずよ。おひささんは長い間母親代わりだったわけだし、幼い頃に死に別れた母親のことは、おひささんからの話でしか知らないんだから当然よ。大好きなお祖母ちゃんを、おっかさんに取られたような気がしてるんじゃないかな、お小夜ちゃん。だから、おひささんの前に出てきてたのは、お美世さんなんかじゃない、企《たくら》みのある悪い人だったんだって、二人にははっきりわからせてやってほしいの」

切々と呟いた。

この日、夕刻近くなって、その松次からは以下のような文が届いた。

おひさがもてなされた料理は全部、菊乃屋のものだった。料理を頼んで銭を前払いして行ったのは若い別嬪だったとわかったが、三日間続けて、引き取りに来たのは遊び人と思われる若い男だったという話だ。二人の身元は知れない。

翌朝、季蔵が店に着いて仕込みをしていると、松次の使いの下っ引きが息を切らせて走り込んできた。

「親分がすぐに来てほしいと言ってやす」

案内されて溜池《ためいけ》の岸辺が見えてくると、立っている松次が気がついて手を振った。

「ご苦労さん」

松次は菊乃屋の仲居をねぎらって帰した後、だらしなく胸元を開《はだ》け、懐手《ふところで》のまま、楊枝《ようじ》を口に咥《くわ》えている遊び人風の男に、

「おまえはもういい、帰れ。こんなことを続けてると、いつか、こいつみたいになっちまうぞ」

怒鳴りつけて立ち去らせた。

目の前の土左衛門《どざえもん》は若い男で、殺されて投げ込まれた証に、首にくっきりと紐《ひも》で絞めた痕《あと》が残っている。

「仲間に確かめてもらった。鼬《いたち》の権八《ごんぱち》ってえ、けちなごろつきだ。この権八が菊乃屋から二人前の海鮮鮨を引き取って行ったと、さっきの仲居に確かめた。権八はちょっといい男だったんで、よく覚えていたそうだよ。間違《まち》げえねえ。権八は小遣い稼ぎのつもりで、気楽に料理を運ぶ仕事を請け負ったんだろうよ」

「若い女の行方は？」

「女の注文を受けた番頭《ばんとう》は、大福帳につけるために住居《すまい》を聞いたそうだ。女は松吉長屋お光《みつ》と住居を言い置いたそうだが、俺が出かけて行ってみたところ、松吉長屋にお光なんぞという若い女は住んでいなかった。今のところ、女からは辿《たど》れねえ」

松次は口惜しそうに口をへの字に曲げた。

「被布がまだ残っています。おひささんが奉公先で以前、側室の一人から形見にと貰い受けた被布を、骨董屋が覚えていたとします。そして、迷子石の猫探しの紙に描かれていた、被布を着たおひささんを見たのです」

「骨董屋はどこも、前に、はしたな古着なんぞ、金にはなんねえと言い切ったはずだろうが」

「今になって、そうではないと気づいたのかもしれません」

「よし、おひさから店の名を聞いて、これからその骨董屋を当たるとしよう」

こうして二人は再び鈴虫長屋へと向かった。

お小夜はすでに花売りに出かけていて、

「あの時の骨董屋さんと言われてもねえ、はて、どこだったか——」

おひさは思い出すのに時が掛かったが、

「もう一度、あんたの話を聞かせてくれ」

松次はおひさが淹《い》れてくれた茶を啜りながら、辛抱強く、おひさの思い出話に耳を傾けた。

「労咳《ろうがい》に効く人参《にんじん》の値が吊り上がって、どうにも薬屋への払いができなくなりました。それで、天松堂《てんしょうどう》さんと光玉屋《こうぎょくや》さんに被布を持って行ってみたんですよ」

おひさは骨董屋二軒が被布を見て、首を横に振った話を繰り返し、

「いっそ首でも吊ろうかと思い詰めていたところ、親切な長屋の方々が探してきてくれて、

仕立ての仕事が増えて――」

なおも続けようとしたが、

「思い出してくれたじゃないか。ありがとよ」

松次は、ぱんぱんと手を叩いて、浅く頭を下げて立ち上がりかけた。

「ところで、お小夜さんは絵が好きでしたね」

季蔵はおひさを見つめて、まだ座ったままでいる。

「三度の飯より好きでしょうよ」

「どんなものでも、気になってしまうと、描かずにはいられないのがお小夜さんでは？」

「そうそう、年寄りのあたしなんか、たとえ猫と一緒でも、描かれて、あちこちに貼り歩かれたくなかったんですけど、あの子がどうしてもって言うもんだから――」

「その猫を探しに来た男のことも描いた絵があるのでは？」

「よくおわかりですね。その通りです。あの子ったら、あんなおかしな様子は、一度見たら忘れられないって言って描いてて、ああこれでやっと、胸糞《むなくそ》悪い薄情男を忘れられるって、まあ、罰当たりなことを――。そうそう、これこれ」

おひさはお小夜の行李《こうり》から、黒々とした眉が際立つ頭巾姿の隠居の絵を取り出して、季蔵に渡した。

七

鈴虫長屋からは金や銀の細工物、ろうかん（翡翠《ひすい》）や珊瑚《さんご》、瑠璃《るり》等の宝玉の品揃《しなぞろ》えで知られている、大門通りから駕籠屋新道《しんみち》に入ってすぐの光玉屋は近かった。

一見、裏店《うらだな》のうらぶれた小間物屋のような店構えである。御定法で金、銀、宝玉を町人が身につけることを禁じられていたゆえで、うっかりすると通り過ぎてしまいかねないほど、目立たぬように造ってはあるが、松次が用件を告げると、しばらく待たされた後、手代《てだい》に案内されて、こぢんまりとした店に入ると、中は鰻《うなぎ》の寝床のように奥へと繋《つな》がっていた。

狭い通路を奥へ奥へと歩いていくにつれて、両側に並べられている、金、銀、宝玉の細工物はより豪奢《ごうしゃ》さを増して、光り輝いて見える。店を入ってほどなく目に入った珊瑚の大玉の簪《かんざし》にも驚かされたが、

「どうぞ、こちらへ」

客が品定めするための座敷には、大屛風の孔雀《くじゃく》が惜しげもなく、光り物の散りばめられた、眩《まばゆ》い大きな羽を広げていた。

「主《あるじ》の光玉屋光右衛門《こうえもん》と申します」

光右衛門は艶《つや》やかな半白《はんぱく》の鬢を深々と傾けた。

「何やら、わたくしどもにお訊《たず》ねになりたいことがおありとのことで――」

光右衛門は手慣れた仕種《しぐさ》で畳の上を滑らして、袱紗《ふくさ》に包んだ金子《きんす》を松次の方にそっと押しやった。

――役人が訪ねてくる目的は、たいていこれなのだな――

季蔵が苦い思いでいると、

「今日のところは受け取れねえんだよ」

松次が押し返すと、

「それじゃあ、いったい――」

光右衛門は怯《おび》えた目で、すがるように相手を見た。

「訊きたいことがあるのさ。いや、思い出してもらいてえだけだ。案じることはねえ」

松次からの目配せで、季蔵は猫のシロを抱いているおひさの絵姿を見せた。

「この婆さんの着てる被布に覚えはないかい？　婆さんはここに売りに来たと言ってる」

「これに？　でございますか？」

強《こわ》ばった顔のまま、光右衛門はしげしげとながめて、

「てまえどもでは扱わぬ品と見受けられます」

「売りに来た品はすべて、ご主人が品定めをなさるのですか？」

季蔵は口を挟んだ。

「いえ、目の肥えた大番頭がこちらで引き取りたい物だけ、選んでわたしに見せに来ます。値を決めるのはわたしですが、選ぶことまではいたしません」

「それじゃ、その大番頭を呼んでくれ」

「はい、只今《ただいま》」

主とほぼ同じ年頃の大番頭は被布の絵を見せられると、うーんと首を捻《ひね》って、はたと手を打ち、

「思い出しました。ただし、品についてだけです。大福帳には、引き取った物と売った相手の名しか記さないので、売りに来た方の名は残っていません。暮らしに疲れた様子の女が、金箔《きんぱく》が使われているのでここで買って貰えないかと言ってきたことしか――。気の毒に思いはしましたが、削り取ろうにも、金箔はほとんど剝《は》げているし、うちでは被布など引き取らないからの一点張りで帰しました」

勘所《かんどころ》を得た大番頭の応えに、主は満足そうに頷いて、余裕を取り戻し、

「他にお訊ねになりたいことは？」

表情を緩めて促した。

「売りに来た女は被布の謂われについて、話していませんでしたか？」

季蔵は大番頭を見つめた。

「そういえば、何やら、身分ある家からの形見分けだのなんのって言ってましたね。引き取るつもりはなかったんで、よくは聞いていませんでしたが」

「ここへ売りに来たのは鈴虫長屋に住むおひささんという女で、被布は若い頃、奉公に上がっていた御旗本、牛込の倉田様の御側室から形見分けされたものでした」

「牛込の倉田様ですと?」

大番頭ではなく、主が大きな目を瞠った。

「何かご存じなのですか?」

「いいえ、何も――」

しまったという顔でうなだれてみせた主に、

「隠し立ては商いだけでいいだろう」

松次は後ろの燦然《さんぜん》と輝く大屏風を振り返った。

「たしかにその通りでございますね」

しおしおと顔を上げた主は、

「これは近頃、骨董屋仲間の間で囁《ささや》かれる噂話《うわさ》でございます。何でも、牛込の倉田様の御屋敷からお宝が、消えてしまっていたというんです。そのお宝というのは、先代御当主が御執心だった若い妾《めかけ》にやったという、この世の玉を沢山集めた、たいそうな宝箱で、その若い妾は早世したので、倉田家の蔵に戻っていたそうです。半年ほど前にこの箱を開けてみたところ、何と、もぬけの殻。春奈という名の若い妾は強欲だったと語り継がれていて、誰かに託し、どこぞへ隠したはずだが、もはや、探しようもないと、これを当座の借金のかたにしようと当てにしていた御当主は、大変、頭を痛めていらっしゃるそうです。仲間うちでは、これぞまさに宝探しの骨頂だと、商魂逞《たくま》しくざわめき立ち、首尾よく見つけて我が物とすれば、店を三倍にも四倍にも大きくできると、よるとさわるとこの話で持ちきりなんです」

話し続けているうちに、顔が赤みを帯びてきた。

「もしや、おひささんは春奈様に仕えていたのでは？」

主の問いに季蔵が頷くと、

「だとすると、形見分けと言っていた被布に、地図など宝探しの手掛かりがあるのかも――。何とも惜しいことをした」

やや険のある目で主に見据えられた大番頭は、

「知らぬこととは言いながら、このわたしがお宝を見逃してしまっていたとは――。申しわけございません、申しわけございません」

ひたすら低頭した。

「邪魔したな」

光玉屋を出た二人は浜町堀に架けられた高砂橋《たかさご》を渡って、浜町堀に沿って北へ歩き、緑橋の北側の袂《たもと》にある糸物問屋から三軒目の天松堂へと向かった。

「あいつら、惚《とぼ》けてるんじゃねえだろうな」

苦虫を嚙《か》み潰《つぶ》したような顔で吐き出した松次に、季蔵は、右の袖を探ってお小夜が描いた隠居の絵を見せて、

「隠居に化けている男はもっと若いはずです」

と言い切った。

老舗天松堂の誇りは、太閤《たいこう》の茶器や李朝《りちょう》の壺など、謂われのある名品の品揃えであった。謂われが何よりだとする、正統派のお大尽相手の天松堂は、光玉屋と正反対に広い間口《まぐち》で、屋根には権現様《ごんげん》以来の古びた大看板が鎮座している。

二人が通されたのも、庭が見渡せる明るい座敷で、四十歳を少し過ぎた年頃の主天松堂庄右衛門《しょうえもん》は、

「お話は取り次ぎの者から聞きました。何年か前に、被布を売りに来た女も覚えています。跡を継ぐ前のてまえは毎日、店に出ておりまして、被布は買い取ることはできないと、はっきり、断ったのです」

持ち前のおっとりとした口調で応えた。

「謂われは聞いたのかい？」

松次が核心に触れた。

「ええ。牛込の倉田様の御屋敷に上がっていた頃、御側室の一人、春奈様という方から貰い受けた品だと聞きました」

「ところで、仲間うちじゃ、春奈様が隠したってえ、お宝探しの話で持ちきりだってね」

「ええ、まあ、このところ、寄合の席で始終出る話ですし」

庄右衛門は眉を寄せて、

「てまえどもは、光玉屋さんなどと違って、金、銀、宝玉が主の商いではございませんので、面白く皆様の話を聞いているだけでございます」

つっけんどんな物言いをした。

「迷子石に貼られていた、この絵を見たことがありますか？」

季蔵は左の袖から猫とおひさの絵を出して見せた。

じっと見つめていた庄右衛門は、

「左右の耳の形がここまで違っているのは、間違いありません、うちの庄吉《しょうきち》です。いなくなって、もう、一月も帰って来ないので、諦めかけていたところでした。見つかってよかった、よかった。先方にはわたしが引き取りにまいります」

端整な面長の顔をうれしそうに綻ばせると、

「こうして庄吉を見つけられたのも、お訪ねくださったおかげです。わたしでお役に立つことがあれば、何なりとおっしゃってください、どうぞ、どうぞ」

「それでは、この絵を見てください」

季蔵は右袖から隠居の絵を出した。

「これは、この先の跳ねた太い眉は、銀座、新両替町の松本堂《まつもとどう》さんではないかと――。松本堂のご主人勘右衛門《かんえもん》さんは、ことさら、宝探しに熱心で。親しい人の話では、とうとう、本命に行き着いたと洩《も》らしていたとか――。しかし、どうして髪を白くして、隠居の頭巾など被っているのでしょう」

庄右衛門は笑いを噛み殺して首をかしげた。

第二話　さんま月

一

「松本堂《まつもとどう》の商いは上手《うま》く行ってたのかい？」

松次《まつじ》が訊《き》くと、

「勘右衛門《かんえもん》さんは、二年前に、長年連れ添ったお内儀《かみ》さんを亡くしてからというもの、お人が変わってしまったと、もっぱらの評判です。吉原へでも通って寂しさを紛らわせればよかったのですが、生真面目《きまじめ》すぎるあの人は、あの世のお内儀さんに義理立てして、まずは好きな酒に逃げ、酒が心を狂わせたのか、相場や博打《ばくち》にまで手を出しているのだそうです。そのせいで商いが左前《ひだりまえ》になり、以前はてまえどものような骨董《こっとう》の名品を看板にしている、良き競争相手だったのですが、もはや由緒ある品を買い取る銭もなく、今ではがらくた同然のものばかり並べていて、見る影もなく落ちぶれたと陰口を叩《たた》く者もいます。もちろん、贔屓《ひいき》にしていたお客様方の足も遠のいてしまいました。それで、骨董だけではなく、値の張る宝玉を大きく扱って一儲《ひともう》けしようと、見つけられもしない、夢のような宝探しに目の色を変えているのではないかとも――」

庄右衛門は目を伏せて、痛ましそうにため息をついた。

松本堂は天松堂《てんしょうどう》から大通りを真《ま》っ直《す》ぐ西へ行き、本町三丁目で南に曲がり、町年寄喜多《きた》村《むら》家の前を通って半刻（約一時間）ほど歩いた、銀座の表通り新両替町に店を構えている。

「松本堂へ行く前に、鈴虫長屋へ立ち寄っていただきたいのです」

「どうしてもの用かい？」

松島町の鈴虫長屋に寄っていると、松本堂へはかなり遠回りをすることになる。

「ええ、ただし上手く会えないかもしれませんが――」

――しかし、どうしても必要なのだ――

鈴虫長屋では、

「あら、まあ、またですか？」

おひさは言葉とはうらはらに顔を綻《ほころ》ばせた。その腕には猫のシロを抱いている。

「このところ、祖母《ばあ》ちゃんが心配で昼餉《ひるげ》近くになると、一度ここに戻ることにしてるんです」

幸いなことにお小夜《さよ》も帰っていた。

――よかった――

ほっと胸を撫《な》で下ろした季蔵《としぞう》は、

「わたしを信じて、言う通りにしてください」

お小夜に用件を伝えた。

「わかりました。それで、いろんなことがはっきりするのなら、おっしゃる通りにします」

お小夜はきらりと光る目を季蔵に向けて、大きく頷《うなず》いた。

銀座通りに着くと、どの店先も賑《にぎ》わっているというのに、松本堂の前だけは誰しもが素通りしていく。

季蔵たちの前を二人の老人が歩いている。湯屋の二階で碁を打つ間柄と思われる隠居二人らしい。

「そういや、あんたは骨董集めに精を出してたね。ここは覗《のぞ》かないのかい？」

「縁を切ったのさ。前はそんなことはなかったのに、利休ゆかりの茶碗だと偽《いつわ》って、一目で贋作《がんさく》と分かる物を勧めてきたのには驚いた。その時は何も言わなかったが、馴染《なじ》み客の目を節穴扱いするようじゃ、もう仕舞いだ」

「そりゃあ、酷《ひど》い。焼きが回ってる」

「ま、骨董屋なら市中にいくらでもあるしね」

ちらちらと松本堂の方を見ながら通りすぎた。

「たしかにこりゃあ、閑古鳥しか鳴いてねえな」

天松堂ほどではないが、光玉屋《こうぎょくや》よりはずっと広い間口《まぐち》を抜けて店に入ったところで、松次が洩《も》らした。

そこそこの骨董の類《たぐい》が並んでいるというのに、客の姿はどこにもなかった。

「いらっしゃいませ」

白ねずみと思われる番頭が飛んできた。独り身のまま、奉公し続けている中高年の番頭が白ねずみと称されるが、

「よくおいでくださいました」

丁寧すぎる応対に、この店の差し迫った商いのほどが痛く感じられる。

「何をお探しでございますか？　今、すぐ、茶をご用意いたしましょうか？」

夢中で機嫌を取っている番頭には、初対面の松次が腰にぶらさげている十手《じって》が目に入っていなかった。

「悪いが、俺はこういうもんなんだよ」

松次は十手を手にして、

「ちょいとここの主《あるじ》に訊きたいことがあってきたんだよ。会わせてくれ」

「お、親分でしたんですね。てまえどもは、長く山下町の平次《へいじ》親分にお世話になっておりまして――」

「お上の御用となりゃあ、縄張りなんぞねえんだよ。早く、旦那のところへ言って伝えてきな」

「も、もしや、お売りした品のことで、お客様が何かおっしゃっているのでは？」

さっと番頭の顔が青ざめた。

「そんなけちなことじゃねえ」

松次が凄味《すごみ》のある声を出すと、

「わ、わかりました」

白ねずみは奥へと飛んで行った。

こうして、季蔵は松次と共に勘右衛門と向かい合うことになった。

——間違いない。頭巾《ずきん》を脱いで、粉で白く見せていた髪を元に戻せば、この顔のはずだ——

季蔵は髷《まげ》も太い眉《まゆ》も黒々としていて、お小夜が描いた通り、鰓《えら》の大きく張った将棋の駒のような勘右衛門の顔に合点した。

——ようやく、行き合ったな——

松次がそっと目配せした。

「南八丁堀の親分が、いったい、何のご用でございましょう?」

勘右衛門は荒削りな顔を険しく歪《ゆが》めている。

「おめえが倉田《くらた》様に伝わるお宝に欲を出し、女や権八《ごんぱち》を使って、婆さんのおひさを掠《さら》ったことはもう、察しがついてる。お宝の在処《ありか》を示す、側室の形見の被布《ひふ》をまんまと手にいれた上、権八を殺《あや》めたこともな」

松次も負けじとばかりに、眉を吊り上げて金壺眼《かなつぼまなこ》を瞠《みは》り、怒声を上げた。

「はて、何のことをおっしゃっているか、さっぱりでございます」

惚《とぼ》ける勘右衛門に、

「それでは、なにゆえ、このような姿をしていたのですか？」

季蔵は右袖《そで》の中身を出して、相手の目の前に広げた。

「これがわたし？　覚えがありませんな」

一瞬、その目に怯《おび》えが走ったものの、変わらずに勘右衛門は白ばくれている。

「これはあなたが猫探しに訪ねた鈴虫長屋で、帰り際に出くわした孫娘のお小夜さんが描いたものです」

「鈴虫長屋は言うに及ばず、おひさ、お小夜などの名もはじめて聞きました」

「あくまで他人の空似だとおっしゃるのですね」

「この世には、たとえ赤の他人でも、自分とそっくりの者が三人はいると聞いたことがあります」

言い切った勘右衛門は薄笑いを浮かべて、

「高値の物を取引する骨董屋の主のわたしが、どうして貧乏長屋を訪ねるのです？」

挑戦的な物言いを続けた。

するとそこへ、

「旦那様、こちらの親分を訪ねて、またお客様でございます」

「いったい、どんな客なんだ？」

勘右衛門は苛立《いらだ》った目を番頭に向けた。

「鈴虫長屋のおひさという婆さんと、孫娘です」

びくびくと応《こた》えた番頭に、

「いいから、ここへ通してくんな」

松次が否応《いやおう》なく促した。

「あの、旦那様のお嫌いなあれなんですが、よろしいんですか？」

主の顔色を窺《うかが》って、番頭が躊躇《ちゅうちょ》していると、

「あれとは何です？」

季蔵は追及し、勘右衛門は、

「あれもこれも何も知らんぞ」

必死の形相《ぎょうそう》で奉公人を睨《にら》みつけ、

「いいから、早くしろ」

松次は雷のような大声を上げ、十手を振り上げて立った。

「は、はい、只今《ただいま》」

座敷の障子が開いて、おひさとその腕にシロを抱いたお小夜が立った。

「祖母ちゃん、形《なり》は違うけど、そこの人、あの時の御隠居さんよ」

お小夜の言葉に、

「はあ、まあ、その通りだよ。眉が同じだもの、間違いない。まあまあ、御隠居さんがこ

んなにお若かったなんて、知りませんでしたよ。さぞや、婆のあたしじゃ、退屈だったでしょうに、ほんとに親身に話を聞いてくださいまして、ありがとうございました」

ただただ恐縮して、おひさは深々と頭《こうべ》を垂れた。

「な、何を言い出すんだ」

勘右衛門の額に冷や汗が吹き出し、

「くしょん、くしょん、くしょん、はっ、はっ、は、はっくょん、はっ」

くしゃみと鼻水が勢いづいて流れ出した。

「あら、まだこのまえの風邪《かぜ》が治らずに？　きっと、隙間《すきま》風の多い長屋《うち》にいらしたせいですよ。風邪まで引かせてしまって、すいません。今時分の風邪は、そうは簡単に治らないそうですから気をつけて――」

なおもおひさが続けようとすると、

「はっくしょん、はっくしょん、ははははっくしょん、苦しい、止めてくれ。お願いだから、猫を、その猫をどけてくれ」

冷や汗まみれ、鼻水みまれの勘右衛門は懇願した。

二

「どうやら、探していたのは猫じゃあ、なかったようだな。話してくれりゃあ、どけてやってもいい」

松次が厳しく迫ると、

「はっく、しょん、はっく、わかりました、はっくしょん」

勘右衛門は承知し、お小夜は部屋から離れた。

ぜいぜいと荒い息さえついていた勘右衛門は、しばらくして、いくらか症状が落ち着くと、途切れ途切れに話し始めた。

「これは因果な持病で、わたしは子どもの頃から、はっく、猫が近くに寄ってくると、こんな不具合になって、しょん、今じゃあ、猫を見るだけで酷いことになるんです」

「探しに行ったのは猫じゃなくて倉田様よりおひさが拝領した被布だな」

念を押した松次に、

「そうでございます。身から出た錆《さび》とはいえ、宝玉さえ見つければ、傾きかけた商いの建て直しができると思ったんです。倉田様の御早世なさった御側室がお隠しになったとされているので、虱潰《しらみつぶ》しにその御側室と関わりのあった奉公人たちを探しました。それで、そこのおひささんが御側室に仕えていて、〝困った時にきっと役に立つから〟という言葉を添えて、被布を形見分けに貰っていたことがわかったんです。わたしはこれだとぴんと来ました。そして、おひさという女を探したところ、長く長屋住まいだということを知った時は、思わず小躍りしました」

「年代物の被布をお宝に換えてたら、長屋住まいなぞ、してやしねえからな」

「拝領被布には、お宝の在処を示す地図が縫い込まれているとわたしは確信しました。そんな矢先、猫探しのための絵が市中の迷子石のあちこちに貼《は》られていて、何と被布を着ているおひささんも描かれているではありませんか！　これは、うかうかしてはいられないと思いました」

「おおかた、他の骨董屋連中が気にかかったんだろうよ」

「困った時に役立つと聞かされているのですから、おひさささんも一度ぐらいは骨董屋に持ち込んで売ろうとしたはずです。口では綺麗事《きれいごと》を言っていても、宝玉の詰まった箱に目の眩《くら》まぬ骨董屋はおりません。骨董屋仲間の誰かは、おひさささんの被布を見たことがあるでしょう。その時は見逃してしまっていても、迷子石の絵で思い出して、倉田様の御側室から、有り難いお言葉と一緒に、形見分けの被布を頂いたのが、売りに来たおひさささんだったと知ることだってあり得ます。ようは先を越されてしまいかねないのです」

「まずはおひささんを訪ねたのですね」

　季蔵が口を挟んだ。

「おひささんのところへ被布を見に行って、まつわる話を聞きました。倉田様の御側室より拝領の品とわかりましたが、突然、譲ってくれと言ったのでは、足元を見られて、値を吊り上げられてしまいます。一瞬、目の前の婆さんから、被布だけ引き剝《は》がして持ち帰ろうかと思いました。でも、白昼、そんなことをしたら、すぐに捕まって、店は取り潰され、我が身は伝馬町《てんまちょう》送りとなり、元も子もなくなると思い直したところへ、猫とお孫さんが帰ってきたんです」

「それで、てめえの手を汚さずに、悪事を頼むことを思いついたんだな」

松次は相手を一睨みした。

「大興稲荷《いなり》の境内《けいだい》にある松の木に、松島町は鈴虫長屋のおひさの被布を手に入れたいという頼み事と、わたしの名前と所を書いた赤い布切れを結んで、祠《ほこら》に金子《きんす》を五両置いてみたんです」

市中には奉行所の言上帳に記されていない事件も少なくない。

神社や稲荷を取引の場と暗躍している、よろず頼まれ屋もその一つであったが、奉行所の関知し得ない稼業とあって、その実態は曖昧模糊《あいまいもこ》としている。

人々の口の端《は》に、あそこの稲荷は人助けをしてくれるという噂《うわさ》がのぼると、密《ひそ》かに頼まれ屋が店を開いているのであり、あそこの稲荷は何でも頼み事を聞いてくれるそうだが、とてもじゃないが、足が向けられないと言われれば一流で、仕事ぶりに相応した高い代価なのである。

「そうしたら、翌日、祠の金子が無くなってて、店に文が届いたんですよ。頼み事を請け負うので、おひさや被布の詳しい話を文にしたため、十両の金といっしょに祠に置いてほしいと書いてありました。その通りにしました。わたしは拝領被布を手に入れたいという頼み事をしただけです。権八とはいったい誰です？　知らぬ相手を殺すことなどできはしません」

勘右衛門は言い切ったが、

「それについちゃ、これから、ゆっくり、お役人方が訊いてくださるだろうが、今は被布が大事だ。どうした？　どこに隠した？」

鼻の先に十手を突きつけられると、

「被布は若い女が届けてきました。ばらばらにして中を改めた後、今日の朝、番頭に燃やすように言い付けました」

「まだ始末しておりません」

番頭は急いで、主から手渡された襤褸《ぼろ》を裏から持ってきた。

拝領被布はすでに切り刻まれている。

「十五両もかけたというのに、たったこれ一個ですよ。どこを探しても、宝の在処を示す絵図なんぞ、ありはしませんでした。借金が返せない倉田様の御当主がでっちあげた、まことしやかな嘘《うそ》だったんだと、これでやっとわかりましたが、今となっては、もう後の祭りです」

口惜《くや》しくてならない顔の勘右衛門は、歯軋《はぎし》りしつつ、小指の先ほどの小さな真珠を出して松次に渡した。

そして、縄を打たれると、

「てまえは人殺しなどしていません。本当です、信じてください。お願いです、お願いです」

番屋へと向かう途中、何度も叫び続けた。

この後、早速、おひさは切り刻まれていた端切れを縫い合わせて、元の形に直そうとした。

「祖母ちゃん、継いだところで襤褸は襤褸で、着て歩くと物乞《ものご》いに間違えられるよ」

お小夜は呆《あき》れたが、

「いいんだよ。見かけなんてどうでも。これには優しかったあの春奈《はるな》様の心がこもってるんだから、たとえ、人が嗤《わら》ってもあたしは、今まで通り、どこへでも着て歩くつもりさ」

おひさはせっせと針を動かし続けた。

「そういえば祖母ちゃん、針を持ってる」

お小夜は歓声を上げた。

「当たり前だよ。針を使わなきゃ、着られるようにはならないんだから」

「だって、今まで祖母ちゃん、針の穴に糸が通らないって――」

「そうだったね」

おひさは手にしている糸のついた針に目を落として、

「さっきから針の穴が見えてるんだよ」

「祖母ちゃん、きっと目が良くなってるんだ」

「だとしたら、春奈様だよ。あの優しいお方はまだまだ、あたしたちの近くに居て、見守ってくださろうとしてるんだ」

「その襤褸、大事に継がなきゃ」

「もちろん、そうするよ」

互いに目を潤ませ合うと、

「頑張って」

お小夜は祖母の手を固く握りしめた。

翌日、

「ほんとうにいいんですか？」

「後でお縄になったりしませんか？」

二人は懸念して念を押したが、

「いいんだよ。これを戻しとかなきゃ、冥途《めいど》で春奈様とやらに会った時、恨まれちまうからな」

松次はからからと笑い飛ばして、持っていた真珠をおひさの手に握らせた。

こうして奪われたお宝は再び、被布の袖に縫い込まれることになった。

それから十日ほど過ぎて、季蔵は塩梅屋《あんばいや》恒例の賄《まかな》い振る舞いの支度に追われていた。

例年、賄い振る舞いは、先代の頃からかど飯と決まっている。

焼いた秋刀魚《さんま》の身をほぐして、酒と醤油《しょうゆ》、生姜《しょうが》汁を加えて炊いた飯にさっくりと混ぜ、大根おろしをかけて食べる秋刀魚飯が、かど飯である。

秋刀魚飯とはあまり言わず、かど飯と称されるのは、脂の多い秋刀魚を焼くのは、たいていどこの家でも外の門口《かどぐち》であったからである。

「今年は変わりかど飯ね」

おき玖《く》がはしゃいだ声を出した。

今年、季蔵が賄い振る舞いにしようとしている秋刀魚は生ではなかった。

「遅い供養になってしまいましたが」

老舗《しにせ》料理屋酔壽楼《すいじゆろう》の料理人浩吉《こうきち》を悼《いた》んで、季蔵は秋刀魚の糠漬《ぬかづ》けを使って、かど飯を作ろうとしていた。

美味《うま》い漬け魚を作る名手だった浩吉は、魚の味噌漬け、糟漬《かすづ》け等の奥義を極めていたにもかかわらず、頑固で身勝手な主に望みを絶たれ、憎悪の心に操られて人殺しの大罪を犯し、季蔵の前で自ら果てた。

三

この浩吉の念願が奥州の磐城《いわき》で、秋刀魚漁の際に作られる秋刀魚の糠漬けを、自分流に作る上げることであった。

奇しくも磐城平《いわきたいら》藩を旅してきた季蔵は、地元で秋刀魚の糠漬けの作り方を教わった。

そして、旬が訪れた今、自分と同じ料理人である、浩吉への鎮魂も兼ねて、秋刀魚の糠漬け作りに余念がなかった。糠漬けにするためには、まず、秋刀魚の頭と内臓を取り除く。

その後、綺麗に洗い流し、塩を振り、しばらく置く。これで水気が除かれ多少、特有の匂《にお》いが押さえられる。

「秋刀魚の生臭い匂いがついてしまうので、お嬢さんの糠味噌樽《だる》は借りられません。糠床作りを教えてください」

塩梅屋で出される糠漬けは、糠味噌名人であるおき玖が作り手であった。

「糠床ならあたしが別の樽に作ってあげるわ。糠ってね、結構匂うのよ。包丁を握る季蔵さんはいじらない方がいいわ」

そう言って、張り切って請け合ったおき玖は、

「それにしても、秋刀魚の糠漬けって、あっけないほど簡単なのね。まるで、夏の胡瓜《きゅうり》を漬けるみたい」

笑いながら、秋刀魚を赤唐辛子《とうがらし》と塩を加えた糠床に埋めていった。

「それで季蔵さん、どっちにするか、決めた？」

おき玖が興味津々なのは、二日ほど糠に漬けた秋刀魚の焼き方であった。

ざっと糠を洗い落として焼くと、見た目は頭のない秋刀魚の塩焼きで、糠の匂いはほんのりと風味程度に感じられる。

一方、手でしごいて糠を落としただけだと、しっかりした風味に加えて、焼けた糠の香ばしさが旨味になっている。

試食した喜平《きへい》は、

「そりゃあ、もう、糠つきの方だな。小股《こまた》の切れ上がった女と同じで、酒の肴《さかな》はこれくらい、しゃきっとしてないとつまらん」

秋刀魚に付いている焼けた糠を箸《はし》で摘《つま》み、

「いやいや、あんまり、糠臭いのはせっかくの酒を駄目にする。あんた好みの糠臭い秋刀魚なんぞ、ごてごて化粧ばかり厚いお亀《かめ》さ」

辰吉《たつきち》はうれしそうに応戦し、

「どっちも美味いですよ。塩を振って焼くだけだと脂っこい。でも、糠で漬けて焼いた秋刀魚は、さらっとあっさりしてる。上品な味に早変わり。さっそく、家で拵《こしら》えて、みんなに食べさせてやりたいくらいです。秋刀魚の糠漬けならぬ、種付け婿秋刀魚なんて洒落《しゃれ》て——」

相変わらず勝二《かつじ》は、やや自虐的で差し障りのない物言いをした。

「変わりかど飯のご飯は、かど飯のように調味して炊くの?」

「いいえ、普段のままの白い飯にするつもりです」

「だったら、味がしっかり残っている糠付きの方だわね。糠なしじゃ、ご飯に味がつかないもの」

「思案中です」

そう季蔵が応えたのと、

「季蔵さん、いますか」

松次の下っ引きが顔を出したのとは、ほとんど同時であった。

「親分がすぐに番屋へ来てほしいと言ってやす」

——また、何か、事件だろうか？——

「わかりました」

支度をして季蔵は番屋へと向かった。

「塩梅屋でございます」

「やけに時がかかったな」

障子戸を開けると、松次が待ち兼ねたように駈《か》け寄ってきた。松次の顔が緊張して強《こわ》ばっている。

座敷の上では、定町廻り同心の田端宗太郎《たばたそうたろう》が両腕を組んで座っている。季蔵に向けてくるまなざしは真剣で、また冷ややかでもあった。

——これは何とも物々しい——

季蔵はまずは土間を見回した。縄を打たれた罪人はおろか、菰《こも》に覆われた骸《むくろ》さえも見つからなかった。

——これはお手伝いに呼ばれたのではないかもしれない——

「まあ、上がってくれ」

松次は季蔵の胸元と帯の辺りをしげしげと見た。

——まるで、刃物を隠し持っていないかと探っているかのようだ——

「それでは失礼します」

松次は季蔵を先に上げて続き、三人は番屋の座敷で向かい合った。

「御用件をお聞かせいただけませんか」

季蔵は田端の顔を見据えた。

「伝馬町送りになっていた松本堂の主勘右衛門が、昨夜遅く獄死した。むろん、病などではあり得ない。血を吐いて死んでいて、死人の口に差し込んだ銀匙《ぎんさじ》が、真っ黒に変わったことから、駆け付けた医者は毒死だと断じた。他の罪人たちに大事はなく、勘右衛門は昨日、身内から差し入れされた、仕出し弁当を食べて死んだものと思われる。年齢《とし》の離れた腹違いの妹で雪《ゆき》と名乗った女は、〝この仕出し弁当は、塩梅屋さんにお願いして特別に作ってもらったものなのですよ〟と、牢番たちに言ったそうだ」

淡々と話し終えた田端は、瞬《まばた》き一つせずに季蔵を見つめた。

「わたしに覚えがないかとおっしゃりたいのですね」

季蔵は目の前が真っ暗になったように感じた。

――このままでは、勘右衛門さん殺しの下手人にされてしまう――

「被布泥棒や権八殺しの罪で勘右衛門を引っ捕らえた時は、季蔵さん、俺はあんたにどれだけ感謝したかしれねえ。だがな、こうなってみると、全部、黒幕のあんたが仕組んだ芝居だったんじゃねえかって、疑われても仕様がねえんだ。勘右衛門にはこの後、厳しい詮《せん》議《ぎ》が待ってた。苦しい責め詮議にでもなれば、たいていの奴は隠し通せず、早く楽になりたくて白状しちまう。そこであんたは、自分の正体がわかってはいけねえと、仲間の女に毒入り弁当を差し入れさせ、勘右衛門一人に罪を背負わせて、逃げ切るつもりだったんじゃねえのかってことになる――」

松次は季蔵の顔から目を背けず、

「もっとも、今言ったのはあんたを知らねえ、奉行所の連中の戯《ざ》れ言《ごと》さ。俺や田端の旦那はあんたを信じてる。いや、信じたいと思ってる。弁当が塩梅屋で作られたものじゃねえっていう、確かな証《あかし》が欲しいんだよ」

張り詰めた様子で相手の言葉を待った。

「毒が仕込まれていた弁当は残っていますか」

季蔵は懸命に声を掠《かす》れさせまいと努めた。

「これだよ」

松次は被《かぶ》されていた風呂敷を取り除《の》けて、輪島塗りの五段に重ねられた重箱を手に取った。

「赤い漆《うるし》の地に金粉で松が描かれています。わたくしどものような小さな商いでは、このような値の張る重箱を使うことなどありません」

季蔵はきっぱりと言い切って、中を改めると、詰め込まれていたはずの山海の珍味は、何一つ、残されてはいなかった。

まだ洗われていない重箱の底に目を凝らしてみると、四段目までは菜から滲《にじ》み出た汁の跡があり、五段目だけはところどころに黄色い滓《かす》がへばりついている。

「こんなに沢山、一人で食べきれるはずもねえから、他の咎人《とがにん》に訊いてみた。勘右衛門が振る舞って、皆、我先にと腹に詰め込んだそうだ」

「ほかの人たちの具合は？」

「誰一人、倒れちゃいねえ。ぴんぴんしてるよ」

「ならば、勘右衛門さんが殺されたのは、重箱の中身とは関わりがないのでは？」

「罪を逃れようといい加減なことを言うのは、許さねえぞ」

松次の声が跳ね上がり、

「それでは、どうして、勘右衛門は差し入れの後、死んだのだ？」

田端は射るような目を向けてきた。

「勘右衛門さんの骸を見せていただければ、我が身の証を立てることができるかもしれません」

「わかった」

頷いた田端は、同行したいが、どうしても外せない用向きがあると断り、季蔵は松次と二人で、白ねずみの番頭が〝旦那様、旦那様〟と号泣しつつ、骸を引き取って行ったという松本堂へと向かった。

松本堂は主の通夜の支度で大わらわで、骸の勘右衛門は、北を枕にして布団の上に横たえられていた。死者の部屋からは線香の紫色の煙が立ち上っている。

「何か？　たとえ罪人でも、亡くなってしまえば、皆、へだてなく、御仏《みほとけ》のお慈悲を受ける身になると聞いています。それでも、うちの旦那様に限って、まだ、罰せられるのでございましょうか？」

番頭は恨みの籠《こ》もった目で食って掛かった。

「実は亡き先代塩梅屋長次郎《ちょうじろう》の書き残した大福帳に、こちらのご主人の名がありました。わたくしどものような、ささやかな居酒屋にもおいでいただいていたのです」

季蔵は方便を使うことに決めて、

「それで、是非とも、先代に代わって手を合わせたいというわたしの我《わ》が儘《まま》に、松次親分まで、つきあっていただけることになりました。親分も先代とは親しく、これもご縁でございましょうから」

穏やかに続けた。

四

「それでは――」

白ねずみの番頭は渋々引き下がった。

松次に倣《なら》って手を合わせた季蔵は、勘右衛門の顔の白い布をそっと持ち上げて、しばし死に顔をながめた後で、

「唇に何やら黄色いものが付いています」

と指摘した。

懐から手控えを取り出した松次は、

「重箱の中身は振る舞われた牢の連中に訊いて控えてある。鯛《たい》の焼き物、鯉《こい》のなます、鮒《ふな》鮨《ずし》、煮鮑《にあわび》、鶏の胸肉焼き、巻きするめ、椎茸《しいたけ》、牛蒡《ごぼう》の煮物、松茸《まったけ》飯とある。金団《きんとん》でも思い出しそびれていたのかな。あれなら色は黄色い」

「ここには、黄色の粉が散っています」

季蔵は骸の左頬《ほお》を指差して、

「勘右衛門さんに差し入れられた重箱の五段目には、汁気のある菜が詰められていた様子がなく、隅に黄色い滓が残っていました。これに何か、心当たりはありませんか？」

番頭に訊いた。

「旦那様は甘いものに目がありませんでした。ことにカステーラとボーロが大好きで、行楽の折には必ず、重箱に詰めてお持ちだったんです。ですから、差し入れにもこれらが入っていたのではないかと」

「勘右衛門さんの食べ物の好みを知っていた者は？」

「店の者なら誰でも知っていたはずです」

「すぐに、店の者たちを集めてくんな」

こうして一堂に集められた店の者たちは、商いが傾いていたこともあって、白ねずみのほかには賄いの老婆と手代と小僧の三人であった。

「いいか。主は好きな菓子で殺された。ってえことは、主の好物を知っていた女が下手人だ。出入りしてたその女と口をきいたことがある奴は、正直に名乗り出るんだ。お上の目は節穴じゃあねえんだぞ」

松次が凄むと、

「ええっ？　今、何とおっしゃいました？　あたしはどうも耳が遠くて」

老婆は惚《とぼ》け、

「奉公にあがってまだ半年なんで、番頭さんの言い付けを守って、どのようなお客様とも口をきいてねえです」

小僧は不安そうな目を向けて、最後の若い手代は、

「わ、わたしはた、ただ、旦那様によくしていただいたんで、御礼がしたいというお客の女に、それならカステーラとボーロだと教えただけです。まさか、こ、こんなことになるなんて——」

唇をわなわなとふるわせていた。

「その女は、勘右衛門が真っ先に手を出して口に入れるとわかっていて、差し入れの重箱に毒入りの菓子を入れた張本人なんだ。女について何か、思い出すことはねえか？」

松次は手代を見据えた。

「髪は町人風の島田に結っていましたが、お武家の方のような気がしました」

「それはまた、どうしてだい？」

「言葉遣いがやけに丁寧でしたから。それと帯の高さを始終気にしていましたので」

「よく覚えてるじゃないか。よほど綺麗な女だったんだろうな」

「ええ、それはもう」

手代の青い顔に赤みが混じった。

松本堂からの帰り道、

「これで田端の旦那にもいい報せができる。ほっとしたぜ」

松次は浅く辞儀をして、

「疑って悪かったな。長年の知り合いまで疑うこともある、十手持ちってえのは因果なお役目だ」

「これで権八殺しは、勘右衛門さんの仕業ということになってしまうんですか？」

「まあ、死人に口なしだからな」

「しかし、勘右衛門さんに文を届け、被布の盗みを手伝った、闇の頼み屋は女だったということ以外、何一つ、わかっていません」

「その女は何としても捕まえる」

松次はぐいと眉を上げ、唇を嚙みしめて覚悟のほどを示した。

——しかし、美形の武家娘というだけでは——

そもそも、武家屋敷に町方は立ち入れない。

──これではとても、探しようがない──

「なに、相手は金が目当てだ。金ってえのはな、汗水垂らして稼いだもんじゃねえと身につかねえ。すぐにいいように使っちまうか、またぞろ、楽して稼ごうって気になるもんさ。女は必ず尻尾《しっぽ》を出すはずだ」

季蔵の懸念を察した松次は豪気に言い切った。

夕闇の迫り来る頃、店へ戻ると、

「お奉行様が今夜、いらっしゃるそうよ。もうじきね」

報せたおき玖は、

「何か大変なことでもあったの？　季蔵さんの顔、疲れてるみたい」

──まさか、他人《ひと》に毒を盛ったのではないかと疑われたとは言えない──

「今年は唐芋《からいも》（甘藷）が豊作だったそうで、番屋でも、鉄鍋で焼いた唐芋を売るというんで、手伝っていたのです」

「たしかにそれは大変ね」

『甘藷《いも》百珍』で知られているように、唐芋料理の奥は深かった。

季蔵とおき玖はしばし、熱い塩を詰めた釜で蒸し上げる唐芋の話に興じた。

「それはそうと、こっちは変わりかど飯じゃないの」

「そうでしたね」

「ご飯に入れる秋刀魚の糠漬けを、水で洗った糠なし焼きにするか、香ばしい糠付き焼きにするか、これは大事なことよ」

「それなら、糠なしにするつもりです」

季蔵はさらりと言った。

「糠なしだと糠の風味はほんのりで、塩気もあまりないのよ。食をそそる味になるかしら？」

季蔵は無言で洗った秋刀魚の糠漬けを焼いた。身の部分を菜箸《さいばし》でほぐすと、

「お嬢さんの糠味噌樽から、古漬けを出して、洗って切ってください。大きさは秋刀魚のこのほぐし身程度で」

「古漬けはあるけど――」

おき玖は驚いて目を瞠った。

「胡瓜、茄子《なす》、人参《にんじん》、大根――何でもかまいません」

「何が始まるのかしら」

半信半疑のおき玖だったが、古漬けを細かに刻む手つきは鮮やかであった。

「飯は炊き上がっているか？」

「ちょうど今、いい塩梅に蒸れたよ」

三吉が応えた。

「寿司桶《すしおけ》を出してくれ」

「へい」

「なんだ、やっぱり、混ぜるのね」

おき玖は呆れたような顔で、白い飯に秋刀魚の糠漬けのほぐし身と、自分の刻んだ色とりどりの古漬けが、混ぜ合わさる様子をながめていた。

「さあ、一つ、食べてみてください」

季蔵は寿司桶の中身を飯茶碗によそって、まずはおき玖に、次には三吉に渡した。

「あっ」

叫んだおき玖は、

「これ意外に美味《おい》しいじゃない」

啞然《あぜん》とした面持ちになり、

「美味《うま》い、最高」

三吉は箸を止められずにいた。

「古漬けと秋刀魚の糠漬けの相性がいいのね。糠に漬けられてたせいで、優しくなってる秋刀魚の脂が、古漬けの酸味といい具合。これが秋刀魚の塩焼きだと脂が尖《とが》りすぎてて、とてもこうはいかないわね」

おき玖はため息をついた。

「これなら、おいらんちでも出来る。早速、おとっつぁんやおっかさんに作ってやろうっと。親孝行の真似事だ。ところでこの寿司桶のは、今日のお客さん用だよね」

一度は杓文字《しゃもじ》を手にしたものの、季蔵が頷くと、三吉は杓文字を置いて二膳目を諦めた。

「でも、どうして、季蔵さんはこれを考えついたの？　糠付きの秋刀魚焼きじゃ、なぜ、駄目なのかしら？」

おき玖は訊かずにはいられなかった。

「舐《な》め味噌等、味噌はそれだけを菜にできます。糟も焼いて、塩や醬油を垂らして肴にすることがあります。ですが、粘り気がなく、たとえ水気を含んでも、さらさらとした粉である糠は、菜や肴には適しません。ようは口当たりが悪いのです。秋刀魚の糠漬けを糠を残して焼いた時、焼けた糠が香ばしく、美味しく感じられるのは、糠と秋刀魚の身が一体になっているからです。これを飯に混ぜれば、糠と身がばらばらになってしまいます。飯と糠の相性はよくないはずです」

「さすが季蔵さん、試したのね」

季蔵は頷く代わりに微笑《ほほえ》んだ。

北町奉行烏谷椋十郎《からすだにりようじゆうろう》は、暮れ六ツの鐘の鳴り終えぬ前に塩梅屋の油障子を開けた。巨漢である烏谷の丸顔は、相変わらずにこにこと人なつっこい笑みを浮かべている。

「今日は、離れで待っておるぞ」

このところ、烏谷は、名を騙《かた》って店で客たちと一緒に飲み交わす酒の味を覚え、

「離れに運ばれてくるまでに、料理が不味《まず》くなるのはかなわん」

などと勝手なことを言って、小上がりに陣取ることが多かった。

ただし、これは用向きのない時に限る。

――何か、あるのだ――

季蔵は覚悟した。

こうして、烏谷が塩梅屋を訪れるのは、昨日今日のことではなかった。縁は先代長次郎の時から続いている。

五

定町廻りの同心だった長次郎は、言うに言われぬ事情から、一膳飯屋の主におさまった後も、隠れ者となり、烏谷の懐刀《ふところがたな》として市中の悪と対峙《たいじ》していたのである。

ただし、これについては、長次郎の娘おき玖は何も知らない。

季蔵は塩梅屋だけではなく、このお役目も秘密と共に引き継いでいた。

離れに座った烏谷は、

「腹が空《す》いたな。そろそろ賄い飯を配る頃だろう？　かど飯にありつきたい」

まずは季蔵が注《つ》いだ酒を呷《あお》った。

出来たての賄い飯を配るのは、毎年、昼時と決まっているので、夕方、烏谷が訪れる頃はすでに冷めてしまっている。来られないと報せてくれれば、重箱に詰めて届ける段取りであった。

「試しに作った変わりかど飯ならございます」

「変わりとは面白い」

烏谷はにやりと笑って、飯茶碗と箸を手にした。

「美味い、美味い、このような手近なものが、これほど美味い飯になるとはな──」

立て続けに三膳ほど平らげたところで、酒に戻った烏谷に、

「何のお話でございましょう」

季蔵は用向きを促した。

「まあ、そちに頼むほどの話でもないのだが──」

烏谷はわははと豪快に笑って、

「北新堀町に石原屋《いしはらや》という油問屋がある」

「老舗で評判の油屋ですね」

「主の理兵衛《りへえ》から頼み事をされている。十五年前、神隠しに遭っていなくなった妹藤代《ふじよ》と名乗る女が、数日前、戻ってきたというのだ。女の年頃は二十歳ほどで、いなくなった時の藤代の年齢は数えで七歳。年齢《とし》はほぼ合っている。身につけていた守り袋も、いなくなる前日、今は亡き先代が買い与えたものに違いないのだそうだが、どうにも、理兵衛は合点がゆかずにいるのだそうだ」

「妹を騙っていると？」

「そうだ。十五年も経《た》てば顔形は変わってしまっているゆえ、幼い頃の面影はあるような気もすれば、そうでないようでもあるという。そもそもが店の前に立っていて、奉公人が

追い払おうとすると、〝藤代が帰ってきたと兄さんたちに報せてください〟と言うので、上を下への大騒ぎになったのだ。どこから来たのか、今までどうしていたのかと訊いても応えようとせず、思い出せないと藤代は泣くばかりだとか――。それで、理兵衛は何としても、戻ってきた妹が本物かどうか、確かめてほしいと申しておる。そちに頼みたい」

話し終えた時の烏谷の顔は、笑っていなかった。

「身上調べなら、奉行所のお役人方がお得意なはずです」

「やられた」

烏谷は自分の頭をぽかりと一叩きして、

「料理の腕とは相反《あいはん》して、そちも食えなくなったものだ」

嘆息すると、

「石原屋の蔵には、金で出来た仏像がある。先代には、既に二人の男の子があって、藤代は望んでやっと出来た女の子だ。年齢もいっていたこともあって、先代は娘を目の中に入れても痛くないほど溺愛《できあい》した。いなくなったとわかった時には、何日も眠れず、心労のあまり、命を落とすのではないかと思われたという。そんな先代を救ったのが、一層の信心を勧められて作った金の仏像で、当初、これは、藤代を見つけてきてくれた者に差し上げると言い、瓦版《かわらばん》にもその旨《むね》を書かせた。もちろん、我らも懸命に探した。だが、必死の思いも虚《むな》しく、先代が生きている間に、このお宝が石原屋の蔵を出ることはなかった」

「お宝は石原屋の今の主の物となったわけですね」

「そうだ。ただし、先代は病が高じて自分の命が尽きるとわかった時、〝もし、神隠しから二十年の間に、藤代が生きて戻ってくるようなことがあったら、この仏像は藤代に譲る。戻らなかったら金に換えて、商いに用立てるように〟と書き残した。それから三年ほどして、奉行所の役人の一人が、藤代と名乗る、若い女を旅先で見かけて、もしやと思って、石原屋へ報せた。すると、今の主の理兵衛は、〝どうか、このことは忘れてください〟とひれ伏した挙げ句、わしを呼び出して、〝藤代という名の女がわたしたち兄弟と血のつながりがあったとしても、今は宿場町で飯盛女《めしもりおんな》に身を落としているのです。後ろにどんな男がついているか、知れたものではありません。お願いです、わたしと石原屋を助けると思って、藤代の消息には今後一切、触れないとお約束ください。そうしていただけるなら、二十年を過ぎた暁には、あの蔵の仏像を売った半金を、必ず、お上に献上させていただきます。そして、どうか、堤《つつみ》や橋の工事等、世のため人のためにお役立てください〟と言ってきた。ちょうどあの頃は、市中で大火事が起きた後で、油屋はどこも肩身が狭く、商いが滞《とどこお》っていた。大商いの油屋が傾けば、市中の景気にも大きく響き、町民たちは暮らしにくくなる。弱り目に祟《たた》り目で、大風や大雨の多い年でもあった。市中の整備と石原屋の行く末を案じたわしは許諾した。あの時、石原屋は、何としてでも、先祖代々の家業を守る覚悟だったのだろう。骨董の類を売り尽くした石原屋に残っていたお宝は、その金の仏像一体だけだった。それが理兵衛の支えになっているようにも見えて、情けをかけずにはいられなかった。あれから四年が過ぎた。あと四年余りで先代の書き置いた二十年目になる」

「宿場で働いていた女が藤代さんだったとして、拐《かどわ》かしにあったゆえです。先代が生きていたら、どんなにか、不憫《ふびん》に感じることか――。石原屋さんやお奉行のなさりようは、あまりに身勝手で、到底、血の通っている人のものとは思えません」

季蔵は眉を寄せて、

「そればかりか、また今回、神隠しから二十年を目前にして、妹だと名乗っている相手を偽者扱いするのは、立派に商いを営んでいる石原屋さんの、さらなる我欲のためでしょう？　お奉行も金の仏像を売った半金を役立てたいのでは？　申しわけございませんが、今回の調べに限っては、お役目を辞退いたします」

きっぱりと断った。

「いや、受けて貰わねばならぬ」

「嫌だと申しました」

「そちが先ほど申したことは間違っていない。だからこそ、わしは今、そちしか、頼むことができぬのだ」

「どうしてでございます？」

季蔵は鼻白《はなじろ》んだ。

「菜種《なたね》作りの百姓連中と親しくつきあい続け、代々、上質の菜種油だけを売ってきた石原屋は、見かけほど繁盛していない。ここのところの不景気で、灯《あか》りに使う油は、臭《にお》いさえ我慢すれば安い魚油が人気だ。新手の油屋は魚油を買い占めておいて、ただ同然に値を下げ、菜種油と抱き合わせで客に売っている。石原屋のような上品な商いでは競争に負けてしまう。何とか、勝ち目を探そうと、石原屋では椿《つばき》油を扱いはじめているが、そもそもこれは菜種油よりも値が高い。その上、大島産の中でも選《え》りすぐった極上品となると、仕入れに銭がたんとかかるはずだ。極上の椿油は老舗の石原屋らしい品揃《しなぞろ》えにはなるだろうが、まずは大奥に献上したり、遊郭《ゆうかく》の主などに袖の下代わりに渡したりして、人気を得なければ、下々は我も我もとこれをもとめない。優雅に商いしているように見えて、その実、石原屋は金繰《かねぐ》りに四苦八苦している」

「四苦八苦しているのなら、すでに、金の仏像は椿油に化けているのでは？」

「いや、まだ蔵にある。わしが月に一度、蔵に入って拝むことにしているのだ。石原屋はあの時、以後、奉行所は藤代探しをしないという一筆をわしから取った。それでわしの方は、月に一度、金の仏像を見張る役目をかって出る旨をその覚え書きに書き加えた」

「石原屋さんが仏像を売って半金をお上に納めたとしても、ふとした間違いで、覚え書きの一筆が人の目に触れれば、お奉行が私利私欲のために、共謀したと思われかねません」

「あの時、わしはあくまで、世のため人のため、よかれと思って許諾した。今でも間違ってはいないと思う。そして、いよいよ二十年が近づき、石原屋は、晴れて、金の仏像を高値で売り払い、商いを広げる夢を見ていることだろう。今の石原屋は、あの時ほど崖っぷちには立っていない。金繰りは苦しいだろうが、商いは何とか回っている様子だ。絶え間なく不景気風が吹いているのは変わらぬが、このところ、天災には見舞われていない。まあ、市中はそこそこ安穏《あんのん》だ。となれば、この上、わしが石原屋の都合のいい夢まで、叶《かな》えてやる義理はない。そちに痛いところを突かれたが、わしとて人の心を忘れているわけではないのだ」

「他の方に任せられないのは、覚え書きを交わしているからですね」

「そうだ。詮議となれば、必ず、石原屋は、わしとの覚え書きを持ち出して、お上に利のある旨を言い募るだろう。元来、人とは欲ばりなものだ。お宝を売って得た金子の分け前の幾らかを、お上に差し出す分とは別に、袖の下で差し出すと持ちかけられれば、どんな奴でも心が動く。たとえ本物の藤代であっても、役目に当たった者は、過分の袖の下欲しさに、偽者扱いして、市中から放り出しかねない。わしは何より、それを懸念しておるのだ」

「わかりました。そのお役目、お奉行が得心がいくよう、わたしが調べます」

　季蔵が承知すると、

「ところで、変わりかど飯はまだあるか？」

　烏谷は伏せていた目を上げて、無邪気な丸い目を向けた。

「はい、多少は残っておりましょう」

「ならば、それを握ってくれ。握ったものは、箸で口へ運ぶのとはまた別で、糠の風味と古漬けの歯触《きき》りが、堪《こた》えられぬ美味さに違いない」

　烏谷は嬉々として、肉厚の両手を合わせ指を曲げ、飯を握る仕種をして見せ、

「今年は先行食いで得をしたぞ」

わははと笑った。

六

変わりかど飯の握り飯を土産《みやげ》にした烏谷は、

「石原屋では代々、主と家族の夜食は小井と決まっていて、藤代は昔、父親と一緒に食べたことを覚えていて、是非、これを作って仏前に供えたいと、殊勝なことを言っているそうだ。ただし、理兵衛の代から、主とその家族も奉公人たちと同じ、蒸《ふ》かし芋や蕎麦《そば》の夜食を食べるようになって、今はもう、この小井は作られていない。それで、この藤代を塩梅屋の近くに住まわせて、一つ、小井の指南をしてやってほしい。いなくなった時、藤代は数えの七歳だった。子どもだった藤代は、作り方こそ習っておらずとも、味は覚えているはずだ。偽者ならば、近くに置けば、必ず、尻尾を出すことだろう」

「その前に藤代さんがいなくなった時のことを知りたいです」

「ならば、理兵衛の弟、文吾《ぶんご》に会うがよかろう。藤代は三つ違いの兄文吾と連れだって、千住《せんじゅ》の荒木田の原へ春の菫《すみれ》を見に行っていなくなった」

「わたしは、石原屋さんにどのような用向きで伺うのです?」

「石原屋の小井といえば、食通たちの間で、贅沢《ぜいたく》な夜食の極みだったと語り継がれている。先代までは作られ続けてきた代物ゆえ、蔵のどこかに作り方を記したものが残っているのだったら、これを基に藤代に指南したいと言えば、何の不審も招かないからと理兵衛が申しておる。ちなみに、文吾は奉公人よりも蔵に精通している」

「そこまで家業に熱心であれば、ご主人にとって、文吾さんはさぞかし、頼もしい弟さんでしょうね」

季蔵が感心すると、

「はて、それはどうかな。文吾に会って、そちが決めよ」

烏谷は喉の奥でくっという笑い声を立てた。

季蔵から藤代の話を聞いたおき玖は、

「妹かもしれない娘がやっと帰ってきたっていうのに、体《てい》よく追い出すのね。石原屋のご主人は、その藤代さんって女《ひと》を最初《はな》っから、騙りだと決めつけてるんだわね。多少でも、血のつながりがあるかもしれないって思ってたら、たとえ、お宝が自分のものじゃなくなるかもしれなくても、そんな酷い仕打ちはできないはずよ。いいわ、藤代さんはあたしが世話をする。季蔵さん、ここに藤代さんを連れてきてちょうだい」

眉を上げて憤《いきどお》り、ぽんと自分の胸を叩いた。

「伝えます」

翌日、季蔵は石原屋の暖簾《のれん》を潜《くぐ》って、主理兵衛と座敷で向かい合った。

「頼りにしております」

薄毛で年齢よりも老けて見える理兵衛は深々と頭《こうべ》を垂れた。

「わたしはこの店が何より大事でございます。妻を娶《めと》ったことがございませんので、変わり者のように言われておりますが、ふさわしい女がいなかっただけなのです。親類が勧めてくる相手は、隙あらば、こちらの身代《しんだい》を乗っ取ろうという魂胆が見え見えでしたし、見ていて気分がいいからと言って、美人の奉公人では、お内儀になったとたん、胡座《あぐら》を掻《か》き、贅沢三昧《ざんまい》のあげく、身代を潰しかねません――」

「お子さんは望まなかったのですか？」

「わたしの父は番頭でした。石原屋の先々代は独り身を通しました。血のつながりを第一にしなかったからこそ、この石原屋は老舗の格を保ちつつ、今まで続いてきたんです。ようは油の質を見極める目だと父はいつも申しておりました。わたしの後はその目のある番頭夫婦に任せるつもりです。それまで、わたしは良質の椿油売りを通して、もう少し、この商いを広げてみたいと思っております。冥途で会った時、父や御先祖様に胸を張って見せられるように――」

「弟さんがおいでては？」

「あれは駄目でございます」

理兵衛はきっぱりと言い切った。

「何がどう駄目なのです？」

「厄介叔父《おじ》ですから」

跡や家督を継がず、婿にも行き先がなく、年齢を経ても生家で暮らし続けている、次男以下が厄介叔父である。

「蔵の管理に長《た》けていると聞いていますが――」

「蔵といっても、骨董の蔵で、文吾が熱中しているのは古書だけです。婿には二度行かせましたが、恥ずかしくも戻されてきています。一度目は同業の油屋でしたが、夜更けて、婿入り先の蔵にこっそり入り込み、灯りを土間に落として火事を起こしかけました。同業者のよしみで頼み込み、身柄を引き取る代わりに黙っていてもらうことにしました。次に婿入ったのは古書屋でした。これほど古書好きなのだから、古書屋の婿なら務まるかもしれないと思ったのが間違いだったんです。文吾は婿入った古書屋で、自分が我が物としたい稀少《きしよう》な古書のために、蔵の古書を全部、叩き売ろうとしたんです。弟は商いには向かず、ただただ古書狂いの虚《うつ》け者なんです」

「それでは、こちらの蔵の書物にも、並々ならぬ興味がおありでしょう」

「独り身の先々代の唯一の趣味が古書でした。文吾が古書狂いになったのは、蔵にあった数知れない古書のせいかもしれません」

「文吾さんに会わせてください。居なくなった藤代さんを最後に見ているのは、文吾さんと聞きましたので――。ああ、その前に、念のために確かめさせてください。その当日、ご主人はどこにおいででしたか？」

「店で番頭と算盤《そろばん》を入れていました。年齢が文吾と七つも離れているわたしは、すでに修業の真っ最中でした」

たはずですが――」

「藤代さんが数え七歳で文吾さんが十歳であれば、当然、奉公人の誰かが付き添って行っ
「手代の由吉《よしきち》が一緒でした。子ども好きな由吉には、二人ともよくなついておりました」

「その由吉さんは？」

「いなくなったのは藤代だけではありません」

「それでは、由吉さんが藤代さんを連れ去ったのでは？」

「お上もそう思われて、藤代を連れた由吉を捜し出そうとしました。けれども、それらしき男と女の子は見つからなかったんです」

「名乗り出てきた藤代さんは、由吉さんのことを話さないのですか？」

「由吉という名も思い出せないと本人は言っています」

「もしかすると、掠われた後、別々だったのかもしれません」

「ともあれ、藤代贔屓だった父は、晩年、代わりに文吾が掠われればよかったのにと洩らすことが多く、こればかりは端《はた》で見ていて気の毒でした。文吾にお会いになりたいのでしたね、どうせ、また、骨董蔵でしょうから、誰か呼びにやりましょう」

理兵衛がぱんぱんと手を叩くと、

「今、藤代お嬢様がお戻りになりました」

駆け付けた番頭がかしこまった。

「ご挨拶《あいさつ》なさりたいそうです」

「ではここに。それから、藤代お嬢様などと呼ばずともよろしい。藤代さんで通すように」

理兵衛はうんざりしたような物言いをした。

「藤代でございます」

入ってきたのは年齢の頃、二十歳ばかりの色白で目のぱっちりした清楚《せいそ》な印象の娘であった。

「今、堀江町の次左衛門長屋から戻りました。大八車をお手配いただいた上、布団や茶碗等までお分けいただきまして、ありがとうございました」

「まあ、あんたが藤代だとわかるまでのことだ」

理兵衛の口調はやや後ろめたそうだった。

「わたしは生まれた家で働けるだけで幸せでございます」

「これから世話になる塩梅屋さんだ」

理兵衛は季蔵の方に顎《あご》をしゃくった。

「季蔵と申します。是非とも、石原屋秘伝の小丼の味を教えてください」

「なにぶん、子どもの頃の舌の覚えでございますから」

藤代は戸惑った表情でうつむいた。

「大丈夫です。子どもの時の味覚えほど、確かなものはありませんから」

励ました季蔵は、目の前に居る清々《すがすが》しい美女が、騙りなどではないと信じたかった。

「それでは、あたしはこれで。まだ厨《くりや》の洗い仕事が残っておりますので」

藤代は会釈をして部屋を出て行った。

「なかなかいい娘でしょう?」

理兵衛は畳の上に目を落とした。

「藤代は生まれた時から珠《たま》のように、皆に可愛《かわい》がられてました。そんな頃のことを思い出すと——。わたしだって、あの娘を疑いたくて疑っているわけではないんです。父が遺《のこ》した仏像が蔵から無くなるのは痛手ですが、本物の妹だったら、父が言い残した通り、譲ってやりたいと思っています」

「お気持ち、よくわかります」

「一刻も早く、真偽のほどをお願いします」

「もちろんです」

大きく頷いた季蔵は、

「まずは文吾さんにお目にかかります」

座敷を出て、番頭に骨董蔵のある場所を確かめた。

七

「文吾さん」

薄暗い蔵の中で古書に囲まれていた文吾は、声を掛けられるまで、季蔵の気配に気がつかなかった。

「わたしは十五年ぶりに帰ってきた妹の藤代さんに料理を教えつつ、本物の藤代さんかどうか、見定めるお役目を、あるお方から仰《おお》せつかっている者です」

振り返った文吾は、理兵衛よりも小柄で、少年のように頼りなげな身体つきだった。

「へえ、そうなんですか」

興味の欠片《かけら》もない物言いをした。

その目は一瞬ちらっと季蔵を見ただけで、行李に並んでいる古書を熱く見つめている。

「古書がお好きとお見受けしました」

「ええ。何百年も前の人たちと文字を通して話すことができるのですから、これほど血湧《わ》き肉躍るものはありません」

「気に入られているのは『平家物語』のようですね」

「あと、『大鏡』や『土佐日記』もいいです。これらは原本から、写し取った写本がさらに写し取られ、長く流布《るふ》されてきたのですが、こうした写本には善《よ》し悪《あ》しがあり、優《すぐ》れた写本を見つけるのは楽しいものです」

文吾は挨拶も忘れて、趣味の話を続けた。

「ところで藤代さんのことで、幾つか、お訊《たず》ねしたいことがあるのですが――」

「どうぞ」

やや不興になった文吾に、

「荒木田の原の菫を一緒に見に行って、居なくなった話は聞いています。由吉さんという人もいなくなってしまったそうですね。あなたは気がつかなかったのですか？」

「菫を見に行ったのは、一緒に行ってと藤代にねだられたからですよ。藤代ときたら、生まれた時から姫様みたいに、みんなを気儘《きまま》に動かしてましたからね。藤代に言われると、断れなくなって、いいよと応え、念のためにと由吉がついてきたんです。わたしは菫なんか目に入らずに、蔵の万葉集のことばかり、しきりに考えていました。気がついて辺りを見回すと、藤代も由吉も姿がなかったんです」

「悲鳴のようなものは聞こえませんでしたか？」

「鳥の多い日で、やたら、カアカアとうるさく鳴いていたので、ほかの声は耳に入りませんでした」

「帰ってきた藤代さんについて、思うことを話してください」

季蔵は核心に触れた。

「子どもの頃からちやほやされてただけあって、なかなかの別嬪《べっぴん》になってました」

「今の藤代さんに面影があるというのですね」

念を押すと、

「そこまで言い切ることはできません。でも、藤代はあの日、かしましく鳴いていた鳥を覚えていました。何も知らない者が言えることではありません」

「あなたは、藤代さんが妹だと確信しているようですね」

「ええ、でも――」

急に文吾は取り乱して、

「藤代についての余計な話は、誰にもしてはいけないと兄に言われているのです」

「妹だという証を、どうして明かしてはいけないのです？」

「別の蔵にある金の仏像は、藤代がいなくなって、二十年が過ぎれば、この店の物、つまり兄の物になって売ることができるのですが、その際、わたしにも、多少取り分があるように、父が書き残しておいてくれているのです」

「藤代さん一人のものになってしまえば、あなたは一文も受け取れないということですか？」

「そうです。だから、お互いのために、藤代は帰ってこない方がいいのだというのが、兄の口癖でした。わたしにはまだまだ集めたい、買いたい古書が沢山ございまして――」

――となると、さっきの理兵衛さんの殊勝な様子は芝居だったことになる。いやはや、欲が絡むと人の正体がわかりづらくなるだけではなく、真実がどこにあるか、見つけにくくなる――

季蔵は心の中でため息をつき、爛々《らんらん》と目を輝かせて古書を語る文吾の饒舌《じょうぜつ》に、相づちを打つ羽目になった。

石原屋から戻った季蔵は、近くの長屋に引っ越した藤代が、しばらくの間、そこから通ってくることになったとおき玖に告げた。

「あら、もう、引っ越しが済んじゃってたのね」

おき玖は残念そうではあったが、

「でも、ここに来てもらったら、いつも一緒。あたしは妹ができたみたいで楽しくても、あちらは四六時中、小姑《こじゅうと》に見張られてるみたいで、気苦労かもしれないもの、これでよかったのかもしれないわ」

ほっと肩で息をついた。

翌日から藤代は通ってきた。

「わたしは石原屋さんで奉公をさせていただいております。名は藤代と申します。お世話になります」

深々と頭を下げた藤代の様子は変わらず、白百合《しらゆり》のように清らかそのものであった。

おき玖と三吉は、

「いつもは昼前からこんなに忙しくないんだけど、今日ばかりはこの店恒例の賄い振る舞いなのよ」

「いつもはかど飯なんだけど、今年は秋刀魚の糠漬けで作る変わりかど飯なんだ」

古漬けを切ったり、焼いた秋刀魚の糠漬けをほぐしたりしながら挨拶した。

「お手伝いします」

藤代は用意してきた襷《たすき》を掛けると、

「わたしがいたします」

炊き上がった飯の米粒を壊さないように杓文字で切るように混ぜているおき玖に代わって、とんとんと調子のいい音を立てながら、古漬けを細かく切ったり、三吉よりも巧みに、糠漬けの秋刀魚の身を骨から外したりした。

変わりかど飯を盛りつける、大きな盤台を離れの納戸から運んできた季蔵が、

「いい手つきですね。煮炊きには慣れているようだ――」

ふと洩らすと、

「そうでもないんです」

一瞬、表情を固くした藤代はあわてて、菜箸を置いた。

「おかげで助かったわ」

おき玖は藤代に微笑んで、

「ご飯に秋刀魚や古漬けを混ぜ込むのは、季蔵さんにやってもらうことにして、一休みしましょう。今、お茶を淹れるわ、それとも甘酒がいい？」

「おいらは甘酒」

代わりに三吉が叫んだ。

こうして、季蔵が変わりかど飯を仕上げている間、三人は茶や甘酒を啜った。

「藤代さんって、石原屋さんのお嬢さんだよね」

藤代は応える代わりに頷いた。

――今はまだ、そんなこと訊かなくていいのに――

おき玖は気を揉《も》んだが、三吉は頓着なく、

「なのに、どうして、石原屋さんに奉公してるなんて言うのかな？　石原屋さんのご主人は兄さんなんだろ？　変だよ、変、おいら、絶対、これ、おかしいと思う」

「いいんです。わたしはただ、旦那様が十五年前にいなくなった藤代だって、認めてくださるのを待つだけです。認めてくれさえすれば、今のままの奉公人でかまわないと思ってます。自分の生まれた石原屋で働けるだけで幸せなんですから」

藤代は寂しげに微笑んだ。

——藤代さんって、何って、謙虚で心根のまっすぐな女《ひと》なんだろう。気高いほどだわ——

藤代の言葉が心に染みたおき玖は目を潤ませた。

「それでも、旦那様方と奉公人とは飯だって違うんだよ。奉公人は飯と汁に漬物だけが普通で、旦那様や家族は鯛の尾頭《おかしら》や、京菓子なんかをたらふく食ってるって話だ。それでもいいのかよ」

三吉は自分のことのようにぷっと頬を膨らませた。

「わたしの望みがあるとすれば、今はまだ、兄さんと呼ばせてもらえない、石原屋の旦那様に、昔、おとっつぁんが食べていた夜食の小丼を拵えてあげたい、ただ、それだけなんです」

そう言って藤代は目を伏せた。

ぷんと糠漬けの秋刀魚が焼ける、香ばしい匂いが漂ってきた。

「糠漬けの秋刀魚は、もう焼き上げたはずだよ」

三吉が首をかしげると、

「三吉が焼き忘れた一尾で、こんなものを拵えてみました」

季蔵はひょい、ひょい、ひょいと小丼を三人分差し出した。

小丼には変わりかど飯が盛られ、その上には、焼いて小指ほどの大きさに切った秋刀魚の糠漬けが、三切れずつ載っている。

「藤代さんに教えてもらえるとあって、どうしても、小丼が気になっていたのです。秋刀魚の糠漬けを三枚に下ろして、糠付きでこんがりと焼きました。糠付き秋刀魚で酒を楽しんだ後、変わりかど飯で小腹を満たしてもらうのも、秋刀魚の糠漬けが一度に、さまざまに味わえて面白いと思ったのです」

いの一番に掻き込もうとした三吉は、

「あちっちち、まだ、秋刀魚が熱いや、でも美味い」

危うく舌を火傷《やけど》しかけ、

「でも糠付きは、冷めると糠が匂うから、焼きたてが命よ」

おき玖はせっせと箸を動かし、

「贅沢な変わりかど飯なのですね」

藤代はおっとりとした仕種《しぐさ》で箸を手にした。

第三話　江戸《えど》粋《いき》丼

一

　馴染《なじ》みの喜平《きへい》や辰吉《たつきち》、勝二《かつじ》をはじめ、元噺家《はなしか》の松風亭玉輔《しょうふうていたますけ》今は廻船《かいせん》問屋長崎屋《ながさきや》の主《あるじ》五平《ごへい》、所帯を持って忙しく、しばらく顔を見せずにいた船頭の豪助《ごうすけ》一家も加わって、今年もまた、賄《まかな》い振る舞いは盛況であった。

「善太《ぜんた》ちゃんの可愛《かわい》いこと」

　豪助とおしんの一粒種善太は生まれて四月目《よつき》である。

　善太は、顔形だけではなく、気性も豪助に似たようで、首が据わったばかりとは思えないほど母親の腕の中で常に手足をばたばたとさせていた。

「あの様子じゃ、一升餅《もち》を背負って、お誕生日を待たずに歩くわね。どんなに愛らしいことか――」

　おき玖《く》は目を和《なご》ませた。

　翌日、季蔵《としぞう》が変わりかど飯を二軒分作って、各々《おのおの》、重箱に詰めていると、おき玖が、

「瑠璃《るり》さんのところともう一軒は？」

「後で光徳寺《こうとくじ》へ回ろうと思っています。秋刀魚《さんま》の糠漬《ぬかづ》けを使った、変わりかど飯で浩吉《こうきち》さんの供養をしたいので」

光徳寺は先代の菩提寺《ぼだいじ》でこそなかったが、住職の安徳《あんとく》は裏稼業で傷を負った長次郎《ちょうじろう》の手当をしたのがきっかけで、以来、塩梅屋とは並々ならぬ縁が続いていた。春には裏手にある見事な竹林で筍《たけのこ》を掘り取ることもできる。

光徳寺には、秋刀魚の糠漬け作りが悲願だった料理人浩吉が眠っている。自裁して果てた浩吉に身寄りがないとわかった時、

――とっつぁんなら、きっとそうするだろう――

季蔵が迷わず、光徳寺に供養を頼むと、

「うちでよろしければ――」

安徳はあっさりと承知し、

「あなたとの縁も、また、あなたに関わる縁もすべては、今はこの世の人ではない長次郎さんのお導きだと思っております」

檀家への進物用に、手ずから作る大徳寺納豆を一つ摘《つま》んで口に入れて微笑《ほほえ》んだ。

「我ながらいい味です」

季蔵は二軒分の重箱を風呂敷に包んで手に提げ、まずは瑠璃が世話を受けている南茅場《かやば》町へと向かった。

南茅場町にあるこぢんまりした二階屋には、北町奉行　烏谷椋十郎《からすだにりょうじゅうろう》が馴染んだ元芸者が、長唄の師匠をして暮らしを立てている。

心を病んでしまっている瑠璃は、烏谷の温情で、その家の二階で手厚く看護されていた。

「旦那様から、昨日がお店の賄い振る舞いって聞いてたんで、今日あたり、おいでになってくださると思ってたんですよ」

お涼《りょう》は穏やかな笑顔で出迎えた。大年増《おおどしま》ながら、伸びた背筋と粋《いき》な袷《あわせ》の着付けがすっきりと美しい。

「もっとも、こちらは、お握りで賄い振る舞いを、ちゃっかり、先にいただいてしまってましたけど。美味《おい》しかったわ、お握りの変わりかど飯」

──お奉行が土産《みやげ》にされた、あの握り飯のことだ──

烏谷は風体に似合わぬ、繊細な心配りを持ち合わせている。

「秋刀魚も漬物も馴染みの深いもののせいかしら？　瑠璃さんもあれは口に合ったのか、一つでは足りず、二つも食べて──昨日は久々に、瑠璃さんの食の細さを案じないで済みました。もうすぐお昼ですし、早速、お持ちになった変わりかど飯を、瑠璃さんと一緒にいただくことにしましょう」

お涼は重箱の中身を飯茶碗に移すために厨《くりや》へと入り、季蔵は二階の瑠璃に会うために階段を上った。

布団の上で眠っていることの多い瑠璃だったが、この時は横になったまま起きていた。

涼やかな切れ長の目がじっと天井を見つめている。

「瑠璃、わたしだよ」

話しかけられた瑠璃は気がついて季蔵の方を向いた。

口元が僅《わず》かに綻《ほころ》ぶが、声にはならない。

瑠璃の目が輝きを宿す。

「きら、きら、きら」

季蔵は声に出して、相手の目が煌《きら》めき続ける時を刻んだ。

「きら、きら、きら、きら」

そこで瑠璃は目を伏せて、もう、季蔵を見なくなった。

「今日は七つも数えられた。ありがとう、うれしいよ、瑠璃」

季蔵は胸の辺りから温かいものが全身に広がっていくのを感じた。

――瑠璃のきら、きらを数えることさえできていればそれでいい。生きてさえいてくれれば、どんな瑠璃でもかまわない。瑠璃が生きているから、わたしも生きられるのだ。他にもう、何も望むまい――

ほどなく、階段を上がってくる足音がして、

「まだ、ほんのり、温かったんで、そのまま、盛りつけてみたんですよ」

お涼が変わりかど飯の載った膳を運んできた。

「さあ、どうぞ」

「好物でよかった」

季蔵は、瑠璃の身体を起こすと半纏《はんてん》を着せかけて、箸《はし》と飯茶碗を持たせたが、瑠璃は一箸、二箸、口に運んで箸を置いた。

「瑠璃さん、昨日はともかく七日ほど前から、朝餉《あさげ》も昼餉もお茶だけで、夜だって、飯茶碗に半分の梅干し粥《がゆ》がやっとだったんですよ。そろそろ、お医者に来ていただこうかと思ってたところでした」

お涼はおろおろと訴えた。

瑠璃のような病で医者が案じるのは、食欲の低下による衰弱死であった。

「それなら、何か、食べさせないと――」

季蔵は立ち上がり、

「瑠璃の相手をしていてください。その間に好きだったものを思い出して、作ってみますから」

「でも、うちには、そちらと違って、そうそう洒落《しゃれ》たものも、買い置きもなくて――余り物ばかりで――」

「大丈夫です。わたしも瑠璃も始末な家に育っていますから。厨にあるものを見繕《みつくろ》って作ります」

こうして、季蔵はお涼の家の厨に立った。

――わたしたちは子どもの頃から、今時分になると、仇《かたき》のように秋刀魚を食べたものだった——

回遊魚の秋刀魚の時季は限られているが、毎年大漁ゆえに、この滋味豊かな魚は鰯《いわし》や鯵《あじ》同様安価であった。

——八ツ時、塩焼きの秋刀魚が残っていると、まずは、身をほぐして醬油《しょうゆ》をかける。これを冷や飯に載せ、薬罐《やかん》の水をかんかんに沸かして、たっぷりとかける。ようは湯漬《ゆづ》けにしてよく食べた。秋刀魚の湯漬け、あれほど美味《うま》い秋刀魚はなかったように思うが、考えついたのはわたしだったか、瑠璃の方だったか——

季蔵はしばし、追憶の中に和んでいたが、

——過ぎし日に酔いしれている場合ではない。今は瑠璃に食べてもらえるものを作らないと——

目笊《めざる》の上の布巾《ふきん》を持ち上げてみた。

中には三尾の秋刀魚と大根、しめじが入っていた。

——今日も秋刀魚好きのお奉行がみえるんだな。夕餉は大根下ろしを添えた秋刀魚の塩焼きに、しめじの吸い物といったところなのだろう。しかし、これに持参した変わりかど飯が加わっては、少々、くどすぎる——

季蔵は秋刀魚を三枚に下ろして、微塵《みじん》に刻み始めた。叩《たた》くように細かくしていく。

「瑠璃さん、眠りました。このところ、お昼寝もあまりしないから、きっと、よほど疲れていたのでしょう」

二階から下りてきたお涼は目を瞠《みは》った。

「秋刀魚は焼くものと思い込んでるのは素人《しろうと》なんですね。そんな風に秋刀魚を刻むのを見たのははじめてですよ。何か、あたしで、手伝えることがあったら——」

「大鍋に昆布《こんぶ》で出汁《だし》を取ってください」

「鰹《かつお》じゃいけないのかしら？」

「秋刀魚と鰹じゃ、どちらも強すぎて喧嘩《けんか》しますから」

刻み終えた秋刀魚には、生姜《しょうが》汁と醤油、酒、味醂《みりん》少々で味をつけておく。

昆布で出汁を取った大鍋に、短冊に切り揃《そろ》えた大根を入れて火が通るまで煮て、ここに、刻んだ秋刀魚をつみれのように丸めて加える。石づきをとってばらしたしめじは最後である。味を見たが、とりたてて足りないとは感じなかったので、塩で調味はしなかった。

——冬場、このするもん汁に鱈《たら》を使って、豆腐や葱《ねぎ》を足すなら、塩が必要だろうが——

するもん汁とは、鰯の臭味を嫌い、鱈など鰯以外の魚が使われているつみれ汁である。

季蔵は秋刀魚のするもん汁を椀に盛りつけてお涼に勧めた。

「まあ、さっぱりとした、清々《すがすが》しい、いいお味。家の外で焼かなければならないほど、脂の多い秋刀魚のつみれ汁が、鰯のそれより、癖がないなんて、今まで知りませんでしたよ。たしかに、鰹の出汁では、こうはならないかもしれないわね。これなら、きっと、瑠璃さんの食も進むはずです」

この後、一眠りして目覚めた瑠璃は、季蔵のするもん汁に舌鼓《したつづみ》を打った。

二

汁を二椀空にしたところで箸を置いた瑠璃は、

「さあ、また、少し休むといい」

季蔵の助けで横になると、再び、寝息を立て始めた。

「よかったわ。お医者様は食べるのが一番で、その次はよく眠ることだとおっしゃってましたもの」

ほっと息をついたお涼に暇《いとま》を告げて、季蔵は光徳寺のある芝へと向かった。

早足で歩いて、光徳寺が見えてきた時のことである。

「兄貴」

聞き覚えのある声が後ろから聞こえた。

「兄貴ってば」

足を止めて振り返ると豪助が立っている。

船頭だった豪助とは、主家を出奔《しゅっぽん》したばかりの季蔵が、豪助の漕ぐ猪牙舟《ちょきぶね》に乗って以来の長い縁であった。

「塩梅屋《あんばいや》へ寄ったら、今年の賄い振る舞いを届けに、南茅場町へ行ったてえから、追いかけたんだが、一足違いで、兄貴はお涼さんとこを出ちまったって聞いて、また走ったんだよ。ちょいと前の辻《つじ》を曲がって、やっと追いついたってわけさ」

「何か用か？」

賄い振る舞いで久々に会った豪助は、女房のおしんや我が子を常に、穏やかな笑顔で包んでいた。今も父親らしい柔和な表情をしている。

役者にしたいくらいの男前を真っ黒に焼いているのは変わらないが、舟を漕いでいた時の、どこか寂しげな豪助とは別人のようだった。

「俺、昼がまだなんだ」

豪助の目はすぐ近くの松の根元に注がれている。

「おしんが気ぃきかして、二人分、握り飯をこさえてくれてる」

「有り難い」

季蔵の腹が鳴った。

とにかく瑠璃に食べさせるのに夢中で、お涼が調えてくれた、昼餉の膳に手をつけず終《じま》いだったのである。

二人は松の木の根元に隣り合って座った。

「まずは喉《のど》を湿してから——」

おしんは水の入った竹筒も二人分、持たせてくれていた。

「いい女房だ、おしんさんは」

「そうなんだよ。おしんは自分がお多福だって気にしてるけど、いい女の顔なんて、三日で飽きる。女は料理上手が一番さ。何しろ、人ってえのに、一日三度の飯は欠かせねえんだから」

――豪助も変わったものだ――

以前の豪助は、自分を捨てて男と逃げた美形の母親の面影を追って、しきりに、水茶屋に立つ無垢《むく》な印象の美少女に入れ上げ、船頭の稼ぎのみならず、副業の蜆《しじみ》や浅蜊《あさり》売りで得るこづかい銭までも費やしていたのである。

「ほい、これ」

豪助はそう言って、大きな握り飯を二つ、季蔵の目の前に突き出した。

「綺麗《きれい》な柴漬けだな」

茄子《なす》を赤紫蘇《あかじそ》で漬ける柴漬けは、老舗《しにせ》の漬物屋での奉公が長かったおしんの得意技である。

「見てねえで食ってくれ」

促されて、その握り飯を頬張《ほおば》ったとたん、

「何だ？　これは？」

言葉とは裏腹に季蔵はにっこりした。

「そいつが俺の用向きなんだよ。どうしても、一言、断ってきてくれっておしんに頼まれてさ」

豪助は照れ臭そうに頭を掻《か》いた。

「たしかに柴漬けと一緒に入ってるのは、秋刀魚の糠漬けのほぐし身だが、いちいち、俺に断ることもない話だ」

「だけど、おしんはあの通り、律儀な性分だから、〝柴漬けと秋刀魚の糠漬けの握り飯〟を店で出すについちゃ、ちゃんと、本家本元の兄貴の許しを貰って来いってきかないんだよ」

おしんは今は亡き父親の跡を継いで、得意な漬物やそれを活《い》かした料理を出す茶店を切り盛りしていて、豪助は頼りになる縁の下の力持ちであった。

「料理に本家も何もあったもんじゃない。料理人が違えば、料理は一味も二味も違って、同じものは二つとできないんだ。気にすることなんてありはしないよ」

季蔵は先代長次郎の言葉を思い出していた。たしか長次郎はこうも続けた。

「だから、秘伝だの何だのと気取ってる連中は、本当は腕に自信がねえんだよ」

豪助は季蔵が美味そうに握り飯を一つ、食べ終えるのを待って、

「これもおしんからの頼みだけど、兄貴は今の握り飯の味をどう思う？　古漬けじゃねえのは邪道だって思ってんじゃねえか？」

「そんなことはない」

季蔵は言い切った。

「古漬けの方が食べ慣れたなつかしい味になるが、柴漬けだと粋で洒落た味になる。上方《かみがた》の味の柴漬けが、糠風味の焼き秋刀魚と親しんで、これぞ、江戸の味だ。さすが、おしんさん、感心したよ」

「ほんとうかい？」

豪助は目を輝かせた。

「おまえやおしんさん相手に嘘《うそ》を言って何になる？」

季蔵は微笑んだ。

「それじゃ、早速、このことをおしんに伝えてやらなきゃ」

豪助は走ってきた方角を見た。

「そうしてやってくれ。だが、その前に一つ訊《き》きたいことがある」

「何だい？」

豪助は神妙な顔で季蔵の言葉を待った。

「日々、茶店で働いてるというのに、どうして、おまえはまだそんな風に顔が黒いんだ？」

「それはさ――」

豪助はさっと両袖《そで》をたくしあげると、両腕を思いきり曲げて、見事な力こぶを見せつけた。

「おしんがいつまでも、船頭だった頃のいい男ぶりでいてくれっていうもんだから、毎日じゃあないが、船頭もそこそこやってるんだ。乗り合わせる客の話を聞くのも楽しいしね。けど、さすがに蜆や浅蜊の天秤《てんびん》棒担ぎは止《よ》したよ。それっきゃ、糊口《ここう》を凌《しの》ぐ手だてのねえ奴らに悪いからよ」

「それは結構なことだ」

だろう――お嬢さんなら、ここで〝ご馳走《ちそう》様〟とでも言って、豪助の惚気《のろけ》を笑い飛ばすところ
季蔵は跳ねるように走っておしんの元へと帰る豪助を見送ると、光徳寺へと足を進めた。

住職の安徳は、本堂の縁側に座って、膝《ひざ》の上の猫の虱《しらみ》を潰《つぶ》しつつ、こくり、こくりと舟を漕いでいる最中であった。昼過ぎの暖かい日溜《ひだ》まりの中で、猫も安徳も気持ち良さ気に時を過ごしている。

「御住職様」

季蔵に声をかけられて、安徳は驚いた様子もなく、

「昨日、銀杏《ぎんなん》を沢山拾い過ぎたのか、今日は疲れが出まして――。焼き銀杏などいかがです？　あれは塩が一番ですが、醤油の一垂らしもなかなかで――」

安徳が先代と縁深くなった理由の一つは、烏谷同様、よくいえば食通、ようは食いしん坊であるゆえであった。

「遅い昼餉を済ませたばかりですので。今日は賄い振る舞いのこれを、こちらで弔《とむら》っていただいている、浩吉さんの供養を兼ねてお持ちしました」

「そちらの賄い振る舞いは、あのかど飯でしたね」

安徳はにこにこと機嫌よく笑った。死者への供養はいずれ、安徳の胃の腑《ふ》に納まる。

「塩梅屋さんのかど飯ときたら、下手な鰻《うなぎ》飯より美味いのですから」

「かど飯には違いありませんが、今年は趣向を変えましたので、醤油だれの鰻飯には似て

いません」

季蔵は重箱を開けて見せて、この変わりかど飯を作ったのは、浩吉の想《おも》いを引き継いだからだと語った。

「そうだったのですか」

安徳は少々、間の悪い顔になったが、

「そちらの握り飯は何です？」

目ざとく、季蔵が手にしているおしんの握り飯を見た。

「これは――」

さきほどの豪助とのことをかいつまんで話すと、

「ならば、それも一緒に供物といたしましょう。秋刀魚の糠漬けという、市中では珍しい料理が、茶店で沢山のお客さんたちに食していただけるのだと知ったら、これを極めようとしていた、あの世の浩吉さんも本望だと、さぞかし喜ぶはずです」

安徳はおごそかに言った。

――たしかに、自分がこれぞと思う美味しいものを一人でも多くの人たちに食べてもらうのが、料理人の真骨頂だ――

浩吉の墓前に季蔵は供物を捧げ、安徳が経を上げている間、手を合わせ続けた。

その後、二人は方丈に入った。

「南無阿弥陀仏《なむあみだぶつ》、南無阿弥陀仏、それでは有り難く――」

安徳は重箱の変わりかど飯を皿に盛りつけて、何度も頭を下げつつ、箸を動かし始めた。半分ほど重箱を平らげ、おしんの握り飯をじっと見つめて、一口、囓《かじ》り、

「おおっ、先ほどのは極楽の池の味、こちらは極楽に咲く蓮《はす》の味がする」

どちらも惜しんで食べることに決めて、残りの握り飯を重箱の中に入れて蓋《ふた》をすると、

「このところ、市中は生き戻りの話で賑《にぎ》わっているのだとか――」

のどかな口調で世間話をはじめた。

三

「生き戻りとは？」

「おや、瓦版《かわらばん》をお読みではないので？」

御仏に仕える坊主であるにもかかわらず、瓦版好きの安徳は、俗世を知るのも修行のうちだと言い訳している。

「このところ、忙しくて――」

「何でも、高級油屋の石原屋《いしはらや》さんのところで、十五年前に神隠しに遭ったお嬢さんが突然、戻ってきたとか――。それをご主人は本物かどうかわからないと怪しみ、奉公人同様に扱っているという話です。薄情のように見えるご主人のなさりようは仕方ないのか、これからの冬場、辛《つら》い水仕事や庭掃除をこなさなければならない、そのお嬢さんが可哀想《かわいそう》すぎるのか、市中ではよるとさわるとその噂《うわさ》で持ちきりです。ここへみえる檀家の何人かも、瓦

版の見だしにあった〝生き戻り石原屋藤代《ふじよ》〟がこれから、どうなるのか、興味津々でした。ところで、季蔵さん、あなたはどう思われますか」

――石原屋さんは巧みに隠したのだろう、瓦版はまだ、藤代さんが長屋に移ったことや塩梅屋に通っていることも、知らずにいるようだ――

「さて、どちらでしょうね」

季蔵は惚《とぼ》けきることにした。

――安徳和尚《おしよう》はよい方だが、檀家に好かれていて話好きだ――

「そういえば、あなた、前にも生き戻りがありましてね。たぶん、これは瓦版屋も嗅《か》ぎつけていない話です。これも餅菓子好きの檀家から聞きました」

「どんな話です？」

――よかった、話の矛先が逸れた――

季蔵が内心、ほっと息をついていると、

「あの長屋はぎを売る、鈴虫長屋のおひささんが、亡くした娘に声を掛けられて、たいへんなもてなしを受けた話です。幽霊でなかった証《あかし》に、その娘には足があった上、もてなし膳には菊乃屋《きくのや》の海鮮鮨《ずし》が出てきたそうです。これも拙僧に言わせれば、立派な生き戻りですよ。話してくれた檀家の御隠居は、長屋はぎがまた食べたくなって、おひささんを訪ね、この話を聞かされたのだとか――」

――そういえば、あのおひささんも話好きだった――

季蔵は少しあわて、

――萩《はぎ》柄の着物を着て、おひささんの亡き娘美世《みよ》のふりをし、拝領の被布《ひふ》を騙《だま》し取った女は、走り使いにしたごろつきの権八《ごんぱち》のほかに、依頼主の松本堂勘右衛門《まつもとどうかんえもん》を、牢に毒入りの菓子を差し入れて殺している。自分の正体を隠すためには、手段を選ばない。おひささんが、娘さんの生き戻りの話を広めるのは危険だ。念のためと口封じされるかもしれない。これ以上、安徳和尚がこの話を他人《ひと》にしないためには――

「長屋はぎを作るおひささんは高齢で、売り歩くのは孫娘だと聞いています。お年齢《とし》のせいで、なかったことを、あったように間違われたのではないかとわたしは思います」

きっぱりと言い切った。

「まあ、たしかに、拙僧も含めて、年寄りは、うたた寝が多く、夢もよくみるものです。拙僧の場合は美味い物を目の前にしていることが多いのですが、おひささんのは娘さんに会いたいという一念が作り出した美しい夢だったのかもしれません」

安徳は少し残念そうに頷《うなず》いた。

夕刻近くに塩梅屋に戻ると、

「今日は藤代さん、市場を歩いて、明日のために買い出しをしたいからって、早く帰って行ったのよ」

新米の炊ける芳しい匂いと一緒におき玖が出迎えた。

「いよいよ、石原屋さんの小丼を披露してくださるわけですね」

「ここの仕事に慣れてきたので、新米も出回ってきたことだし、そろそろ、試してみてはどうかしら？　って、あたしからお願いしたのよ。あたしも食べてみたいわ。おとっつぁんも感心してた石原屋ならではの贅沢《ぜいたく》小丼」

「光徳寺の安徳和尚から伺ったのですが――」

季蔵は〝生き戻り石原屋藤代〟の話をした。

「知ってたわよ。噂話や瓦版好きのあたしが知らないわけないでしょうが――。どこでもその話ばかりだから、とっくに、藤代さんの耳にだって入ってるはずよ。長屋の人たちは、藤代さんにあれこれ、うるさく訊くかもしれないけど、三吉《さんきち》ちゃんと示し合わせて、塩梅屋でだけは、その話はするまいって決めたの。これ以上はとても、可哀想だもの。そのうち、他人様にも、ここへ通ってることがわかるだろうけど、それでも、あたしたちは、何を訊かれても知らぬ存ぜぬで行こうって、ことになってるのよ。無駄口とは一切無縁な、いつもの季蔵さんの真似《まね》しようってわけよ」

「ご配慮、ありがとうございます」

頭《こうべ》を垂れた季蔵は、おき玖と三吉の優しい心遣いに胸が熱くなった。

翌日、塩梅屋へ通ってきた藤代は魚や青物の入った籠《かご》をぶらさげていた。

「夜食の小丼にはさまざまな種類がありましたが、中でも父が飽きずに食べていたのは、鯛飯《たいめし》丼でしたので、今時分の鯛飯小丼を作らせていただきます」

そう言って、藤代は俎板《まないた》の上の甘鯛を三枚に下ろし始めた。

「今時分だから甘鯛なのね」

甘鯛は長月（陰暦九月）や神無月《かんなづき》（十月）が旬であるが、この頃には糸撚鯛《いとより》も出回っている。

鯛と呼ばれている魚には、正月の顔になっていて、頭付きを愛《め》でる真鯛をはじめ、如月《きさらぎ》（二月）は興津鯛、弥生《やよい》（三月）の小子鯛《ちこ》、皐月《さつき》（五月）の木の葉鯛、みがき鯛、葉月（八月）の伊勢杉焼鯛、師走《しわす》（十二月）のくずな鯛、浜切りの小鯛等、地域、料理法によってさまざまな呼び名がある。

一年を通して、鯛の名がつく魚が出回らないのは、卯月《うづき》（四月）、水無月《みなづき》（六月）、文月（七月）、霜月（十一月）の四ヶ月にすぎないほど、淡泊な旨味を誇る真鯛及び、味の似た白身魚は人気が高かった。

「甘鯛は奥深い味わいの真鯛と違って、やや、旨味が薄いでしょう？　それで、下に敷き詰めるのは五目飯なんだと思います」

藤代は戻した椎茸《しいたけ》と干瓢《かんぴょう》を煮付け、あく抜きして細かに刻んだ牛蒡《ごぼう》や蓮根《れんこん》、人参《にんじん》を加えて、さらに煮て、これらと、竈《かまど》に用意した釜の米と、煮汁を足した出汁を合わせて五目飯を仕掛けた。

五目飯の炊き上がるのを待って、大きく切り出した甘鯛の切り身に焼き串をうって、塩を振り、火を加減して、身はふんわりと、皮は香ばしく焼き上げる。

小丼に炊き上がったばかりの五目飯を盛りつけ、焼きたての甘鯛の切り身を載せて食べる。

「たしかにこうすると、甘鯛の味に物足り無さがなくて美味しいわ」

おき玖はため息をつき、

「おいら、貧乏性だから、大丼にどっさり、五目飯を盛って食っちまって、後に大事な甘鯛を残しときたい。もっと、たくさん、甘鯛が食えるなら別だけど」

三吉はつい本音を洩らし、

「真鯛に限らず、鯛と名のつくものは日頃から高くて、特に恵比須《えびす》講間近の今時分は、鯛も鯛飯小丼も高嶺の花だわ」

おき玖が同調すると、

「甘鯛の切り身をほぐして、五目飯に混ぜて食べれば、甘鯛を長く味わえるような気がしますが、やはり、邪道なのでしょうね」

季蔵は念を押した。

「真鯛なら、それも風味が移っていいんですけど、甘鯛となると、牛蒡や人参、椎茸の味に負けてしまいます」

藤代は残念そうに首を横に振った。

一方、三吉は、

「それにしても、凄《すご》いな、藤代さん。こんなに上手《うま》く、甘鯛の身が焼けるなんて」

しきりに感心した。

甘鯛の身は柔らかく、焼き上げる途中、串から身を外してしまって、季蔵に叱《しか》られたことが、何度もあったからである。

「慣れてますから」

頷いた藤代に、

「以前から、このような厨仕事をなさっていたのですか？」

季蔵はふと思いついて訊いた。

「ええ、まあ、少しは。女ですから」

曖昧《あいまい》に応えた藤代は、

「さて、この次は夏が終わって、疲れが出た時、おとっつぁんが必ず、作らせていたものです。何しろ、おとっつぁんときたら、鰹が鯛に次いで大好物だったんです」

さりげなく次の小丼に移った。

俎板の上にはなまり節が載っている。

なまり節とは鰹の半燻製《くんせい》品である。

鰹の頭と内臓を取り除き、三枚に下ろし、風通しのいいところで皮を日乾しして、釜茹《かまゆ》でした後、よく冷まして骨と鱗《うろこ》を取り去る。これをナラの木で燻《いぶ》して狐色に仕上げる。根気よく、遠火で炙《あぶ》るのが秘訣《ひけつ》である。

「なまり節は鰹がよく捕れる水無月の頃のものかと——。生の鰹よりは日持ちしますが、せいぜい七日ほどのはずです」

季蔵は俎板に鎮座している大きななまり節に首を捻《ひね》った。

「昨日、海産物問屋の遠州屋さんに立ち寄って、氷室《ひむろ》にあったのをもとめたんです」

藤代は告げた。

「それ、高かったでしょう?。氷室入りのものは高いはずだもの。何も、出回りの頃には、余って犬の餌《えさ》になる、なまり節なぞ買わなくても――」

おき玖が目を丸くすると、

「でも、たしか、石原屋《うち》でも、なまり節を氷室に入れてましたから。今時分のなまり節はおとっつぁんの思い出の味です。どうか、作らせてください」

藤代は思い詰めた目をしていた。

四

俎板の上のなまり節がほぐされ、大きめにほぐした身と細かな身が用意された。

「これに食べ頃の牛蒡を合わせるんです」

牛蒡もまた、やや厚くそぎ切りにしたものと、薄く笹《ささ》がきにされたものが必要だった。酒、醬油、味醂、少々の砂糖、生姜汁の入った二つの小鍋に、大きめのなまり節と厚めのそぎ切り牛蒡、細かくほぐした身には笹がきが合わされ、各々《おのおの》別々に煮付けられる。

細かなほぐし身と笹がきの方は、準備してあった米と合わせて鰹飯に炊き込まれた。

「大きめのほぐし身と厚めに削《そ》いだ牛蒡は、後で炊き上がった鰹飯の上に載せるんです」

「どっちも、なまり節と牛蒡だろ。一つの鍋で煮ちまって、上に飾る分だけ取っときゃいいのに――。大きなほぐし身だって、杓文字《しゃもじ》で混ぜりゃ、細かになるだろうし」

どうして、こんな手間をかけるのかと、三吉が小首をかしげると、

「それじゃ、上に載せる牛蒡が薄い笹がきになっちゃうじゃないの。これは旬の牛蒡を、鰹飯で鰹や飯との相性を堪能《たんのう》しつつ、厚めのそぎ切りを歯応《はごた》えよく食べるのが骨頂でもあるんだわ」

おき玖の指摘に季蔵も頷いて、

「上に載せる方と、炊き込む方とでは、味付けが違ったように見えました」

「そうなんです。おとっつぁんは上の方のなまり節と牛蒡の味を濃くして、鰹飯の方は、醬油や砂糖を控えて、やや薄味に仕上げるのが好きでした。江戸っ子の顔は、初物は女房を質に入れても食べる鰹と、しゃきっとした甘辛醬油味にあるって、始終、言ってましたから」

「お父様が何と名づけていらっしゃっていたのか、まだ聞いておりませんが――」

「かつお牛蒡ご飯、元はどうということのない呼び名のものでしたが、ある時、よほど、これが美味しく感じられたのでしょう、江戸粋丼なんて呼び名を思いついたんです」

「江戸粋丼ねえ」

三吉は出来上がった茶色一色の小丼をながめて、

「たしかに江戸っ子の好きな醬油の色だけど――。これだけじゃ、味けないよ。せめて、

枝豆か空豆でも載ってたらなあ――」

枝豆は夏、空豆は晩春にしか出回らない。

「まあ、召し上がってみてください」

藤代に促されて三人は江戸粋丼を手にして箸を取った。

「これ、いける」

例によって三吉が真っ先に歓声を上げた。

「旨味がぎゅっと詰まってる、なまり節がこんなに美味しいとは知らなかったよ。かつおぶしを飯にかけて、醤油を垂らしたおかかご飯もそこそこ旨いと思ってたけど、あんなのもう目じゃねえ」

「牛蒡の風味が加わってこそのこの味わい、たしかに江戸っ子好みの味だわ。市中の食通の人たち、これを食べれば、間違いなく唸《うな》るはず。これはもう紛れもなく江戸粋丼よ。旬の牛蒡を氷室で持たせたなまり節で、最高に美味しく食べようだなんて、贅沢と粋の極みだもの――」

おき玖は長い吐息をついた。

「ちょっと見は、貧乏人に縁のありそうなもんばかし使ってるようで、実は違うんだってえのは、おいら、あんまし、面白くねえな」

三吉が苦情を洩らすと、

「牛蒡が美味しいのは今頃だが、根は一年中土の下にあるから、春や夏でも口には入る。

なまり節が出回る水無月の頃には、枝豆が旬だから、その頃になったら、是非、うちでもこれを作ってみよう。緑が瑞々《みずみず》しい枝豆が加われば、味けない見場《みば》でもないだろう」

季蔵が提案した。

「それでも、旬じゃねえ牛蒡は、そうは旨くねえんじゃないのかい？」

「その分、日を置いていないなまり節の活きがいい。牛蒡にしても、夏場に出回る山牛蒡なら、風味が強いから、これを使えば、今頃の牛蒡に負けないかもしれない。塩梅屋ならではの江戸粋丼ができる」

「それ最高」

三吉は飛び上がって喜んだ。

「皆さんに褒めて貰ってうれしいわ。あの世のおとっつぁんもきっと、喜んでくれてるはずです。できれば、旦那様や文吾《ぶんご》兄さんにも食べてもらいたいのだけれど――」

目を輝かしつつも、うなだれた藤代を、

「これだけの味を覚えてるんだもの、そのうち、兄さんたちだって、あんたが妹に違いないって、認めてくれるに違いないわ。あともう少しよ」

おき玖は精一杯励ました。

「まだほかにも覚えてるのかな？」

思わず舌なめずりした三吉に、

「ええ、まだ沢山」

藤代は微笑みを取り戻した。

定町廻り同心の田端宗太郎《たばたそうたろう》が塩梅屋を訪れたのは、この翌日の昼過ぎのことであった。常にないことに松次《まつじ》を従えず一人であった。長身痩軀《そうく》を折り曲げて、床几《しょうぎ》に腰かけたものの、

「いらっしゃいませ、すぐに」

酒の燗《かん》をつけようとするおき玖に、

「いや、今日はいい」

片手をひらひらと横に振った。

「主はいないのか？」

客はいないのだが、周囲を覗《うかが》う目をしている。

――いつもの悠然とした田端様らしくないわ――

「ちょっと、そこまで出かけて、もう帰る頃です」

そこへ季蔵が戻って来た。

「折入った話がある」

「わかりました」

季蔵は田端を離れに案内して向かい合った。

「実はこのことなのだ」

田端は懐から黄色く変色した紙を取り出して広げた。

人相書きであった。ぽっちゃりとした丸顔に、ちまちまと目鼻口がついている。年齢の頃は、十六、七歳で愛嬌《あいきょう》も色香もあったが、美人とは言い難い十人並みの器量である。

「これが四年前、臨時廻りの佐竹源右衛門《さたけげんえもん》殿が草津で見たという、藤代と名乗っていた女だ。佐竹殿が草津へ赴いたのは療養のためで、この後、この飯盛り女が石原屋のいなくなった娘ではないかと、石原屋に伝えたが、お奉行から詮議《せんぎ》の必要なしと言い渡され、もし本物の石原屋の娘なら、客に色を売る稼業を続けさせておくのは、あまりに不憫《ふびん》だと、草津の藤代を心にかけつつ佐竹殿は亡くなられた。俺は佐竹殿がまだ若く、定町廻りだった頃、その下で働いていた。一人前になれたのも厳しく仕込まれたからだと感謝している。俺は、ここへ生きしてみれば、佐竹殿の心残りを晴らすのは、俺の務めだと心得ている。俺は、ここへ生き戻り石原屋藤代が通ってきているゆえ、身辺を見張るようにとお奉行から命じられた。ただし、おまえにこの人相書きを見せる許しまでは得ていない。松次も知らぬことだ」

緊張した面持ちの田端は、一言、一言嚙《か》みしめるように話した。

「つまり、田端様は通ってきている藤代さんが、その絵姿に似ているかどうか、確かめるためにいらしたのですね」

「そうだ。佐竹殿には、一人娘が拐《かど》かされたのが理由で、妻女に駆け落ちされた辛い来し方があった。それゆえ、石原屋の一件には、並々ならぬ力を注いでいたのだ。戻ってきた藤代が、果たして、草津で見た藤代であるのかどうか、草葉の陰からでも知りたかろう」

「うちに通っておいでの藤代さんは、その絵の方ではありません」

季蔵は言い切って、

「ご自分の目でごらんになってください」

さらなる小丼を披露してくれるために、買い物に出ていて、戻ったばかりの藤代を呼ぶよう、おき玖に頼んだ。

「田端様にお茶を出すよう、藤代さんにお願いしてください」

「お茶なら、あたしが」

「いや、藤代さんでないと困ります」

「わかったわ」

察したおき玖は、

――何かあるのね。藤代さんの拵《こしら》えてくれる小丼の数が増えるたびに、本物だっていう証になるって信じていたのに――

藤代が盆に茶碗を載せて入ってきた。

田端はわざと下を向き、ぎらりと上目を上げて、しげしげと相手を観察している。

「粗茶でございます」

気付いていない藤代は田端の手元に茶托と湯呑《ゆの》み茶碗を置いた。

「どうも」

田端は顔を上げて礼を言った。

そして、藤代が離れから出て行くと、

「おまえの言う通り、生き戻り石原屋藤代は、佐竹殿が案じておられた、草津の藤代ではないようだ。これでひとまず安心した」

ほっと息をつき、

「あの女が本物だとしたら、行方が知れなくなった後、たいそうな武家に拾われ、そこで長年、奉公していたのやもしれぬと思った。茶の勧め方が武家のものだった。茶の湯が女のたしなみである武家では、客に茶を勧める時、物言いは言うに及ばず、仕種《しぐさ》、目配りまでも、うるさく仕込まれる」

確信ありげに言った。

五

その翌日、四ツ（午前十時頃）を過ぎても、藤代は塩梅屋に姿を現さなかった。

「どうしたのかしら。今までになかったことよ」

「とにかく、いつも早く来て、仕込みなんぞも手伝ってくれてたよね」

おき玖と三吉がしきりに案じているうちに、昼時になって、皆で賄いの卵かけ飯を食べ終えたところで、

「わたしが様子を見てきます」

季蔵は藤代の住む堀江町の長屋へと向かった。

長屋のかみさんたちが集まっている井戸端で、

「先だって越してきた藤代さんのところを教えてください」

住居《すまい》を尋ねると、

「あそこだよ。向こうの棟の奥から二番目」

三十歳ほどの赤子を背負った女がぶっきら棒に応えると、

「ったく、昨日も帰ってこないで、いったい、どこをほっつき歩いていることやら。どうせ、白粉《おしろい》臭い女にでもひっかかってるんだろ」

女は亭主の褌《ふんどし》を仇に見立て、桶《おけ》の縁に叩きつけた。

「まあまあ、気を鎮めて。短気は損気だよ。けど、たとえ素人でも、若い、ちょいといい女ってえのは用心しないとね」

かみさんたちの目はいっせいに、季蔵と藤代の住まう棟を行き来した。

「ありがとうございました」

季蔵は丁寧に礼を言って、

「藤代さん、わたしです。塩梅屋です」

声を掛けたが、応えはなかった。

「藤代さん」

中はしんと静まり返っている。

――留守なのか？　それとも――

「具合でも悪くしていないかと、お嬢さんたちも案じています。お邪魔します」

油障子を開けた季蔵は、あっと声を上げそうになった。

——騒ぎになって、誰かれかまわず踏み込んでくると、せっかくの証があっても、役に立たなくなってしまう——

おかみさんたちが聴き耳を立てていることを察知して、

「風邪《かぜ》がこれほどお悪いとは思いませんでした」

家の中の気配に警戒を怠《おこた》らずに、後ろ手で油障子をぴったりと閉めた。

男女が倒れていた。

藤代は板敷の上で仰向《あおむ》けになっていて、首には絞めた組紐《くみひも》が巻き付いたままである。土間に突っ伏している男の方は、血の海の中に漂っているように見える。右手に匕首《あいくち》を握っていた。

——無理心中？　自死？——

季蔵は男の頭を持ち上げてその顔を見た。見覚えのある顔は、石原屋の次男の文吾であった。

藤代と文吾の身体はすでに固くなっていたが、念のため、季蔵は各々の首に手をあてて確かめた。どちらも脈は触れない。

——どうして、こんなことが起きたのか——

しばし呆然《ぼうぜん》として、宙を睨《にら》んでいると、

「邪魔するよ」

聞き慣れた声と共に油障子ががらりと開く音がした。

「親分」

季蔵に声を掛けられた松次は、

「こりゃあ、いってえ」

二体の骸《むくろ》と季蔵の顔を等分に見据えて、

「まあ、生きてる奴に、ことの次第を説明してもらおうか」

金壺眼《かなつぼまなこ》をぎらつかせた。

「わかりました」

季蔵が案じる余り、少し前に訪ねてきたところ、すでに二人が骸になっていたのだと話すと、

「あんた方の人が好《よ》いのには馬鹿がつくぜ。生き戻り石原屋藤代なんぞ、心配してやるほどの玉じゃねえ。これを見てくんな」

松次は懐から、折り畳んだ紙を出して広げた。

「それは藤代さんの絵姿ですね」

人相書きに描かれた細面《ほそおもて》の藤代は、楚々《そそ》とした佇《たたず》まいではあるが、萩の絵柄の着物を着ている。

「これでわかったろう」

松次は萩の着物を指差した。

「そう、そのまさかなんだよ。鈴虫長屋の祖母《ばあ》さん孝行のお小夜《さよ》を覚えてるだろう？　実はあの孫娘が、おひさを助けてくれた礼に役に立つことがしたいと、俺のところに言ってきてくれたんだ。それで、おひさの娘のふりをして拝領被布を騙し取ったり、ごろつきの権八や、お縄になってお裁きを待ってた骨董《こっとう》屋松本堂の主を手に掛けた、極悪非道の悪女を焙《あぶ》り出そうと思いついた。泡みてえに消えて行方が知れなくなった、正体不明の女を探す手だては、もう、これしかねえだろう？　女からじかに金を受け取った料理屋の若い手代は、女の話をした時、ぽーっとなってたから、きっとよく覚えていると思ってた。そいつを番屋に呼んで、お小夜にこうして描いてもらったんだ。女の顔を見てる奴はほかにもいる。勘右衛門の好物を教えた松本堂の手代や、毒入り弁当を渡された牢番の爺だ。その連中も口を揃えて、間違いねえと言ってる。生き戻り石原屋藤代たあ、極めつけの化けの皮だったのさ」

松次は惚《ほ》れ惚れとした目で、悪女だった藤代の絵姿をしばしながめていて、

「絵に秀《ひい》でたお小夜にとっちゃ、朝飯前だったんだろうが、てえした手柄だ。これで、おひさの娘の美世《みよ》や、石原屋藤代を騙《かた》ってた女をお縄にすることができりゃあ、お小夜にだって、多少の褒美が出たにちげえねえが――。そうなりゃ、祖母さんと二人、湯治ぐれえには行けるだろうに――」

次第にぼそぼそと声がくぐもれ、

「だが、肝心の女が骸になっちまっちゃあなあ」

大きなため息をついた。

――意気込んでここへ来た親分が気を落とすのは無理もないが――

「ところで、親分はこの殺しの有り様をどうごらんになりますか？」

今はとにかく、二人がなぜ骸になってしまったかの真実を知ることが大事だった。

「文吾については、あれから俺もいろいろ聞き込んでみた。一番の道楽は古書だが、次は呑む、打つ、買うだそうだ。婿入り先を追い出されたのも、ただ、古書好きの変わり者ってえだけじゃなく、持ち前の悪い癖が禍《わざわい》してのことさ。そんな文吾のこったから、おおかた知り合った女に、お宝の話をして唆《そそのか》されたんだろう。それで手を組み、女を生き戻り石原屋藤代に仕立てて、一芝居打ったんだ。いなくなった妹藤代だと兄の理兵衛《りへえ》さえ、女を認めれば、途方もないお宝の仏像が手に入る。この先、二人はどこか、うるさくないところへでも逃げて、一生、遊んで暮らせるってもんだ」

「なにゆえ、文吾さんは藤代さんを手に掛けたのでしょう？」

「知れたことよ。よくある痴情のもつれだよ。これだけの器量だから、他に男が居たんだろう。それを知った文吾がとち狂って、可愛さ余って憎さ百倍、女の首を絞めて殺した。匕首で後を追ったのは、それほど、女に溺《おぼ》れきってたんだろうよ。殺したものの、女のいないこの世にゃ、もう未練がなかった」

「匕首を手に入れていたのなら、藤代さんを刺し殺しそうなものですが」

「たしかに、それはそうだ」

首をかしげながら、松次は文吾の骸を仰向けにした。まず、ぎょっとしたのは死に顔であった。恐怖と苦悶《くもん》が凄まじい表情となって貼りついている。

心《しん》の臓を一突きの致命傷と、腹部二箇所を抉《えぐ》った傷が見えた。

「文吾さんは、よほど刃物を使い慣れ、肝も据わっていたのですね」

「そうとしか思えねえが――」

松次は文吾の左右の首、掌、手首を見て、

「自裁には付きものの、ためらい傷が一つもねえのが気にかかる。お武家と違って、町人ともなると、普通、どんな奴でも、こうまで鮮やかにはやれねえもんだ。ましてや、文吾みてえな、甘ったれでひ弱な出戻り男が、ここまで剛胆であるわけもねえ。文吾は殺されたんだ」

きっぱりと言い切った。

「藤代さんの方も見てみましょう」

二人は藤代の骸の前に屈《かが》み込んだ。

息絶えている藤代の顔は、文吾の凄まじい死に顔とは対照的に穏やかだった。清々《すがすが》しい眉《まゆ》や花の蕾《つぼみ》のような唇が、心持ち歪《ゆが》んでさえいなければ、安らかな眠りについているようにさえも見える。

——この女がさまざまな罪を犯していたとは、とても信じられない——

「こいつは驚いた。首を絞められて殺されるってえのは、ばっさり、首を一刎《ひとはね》されるより、よほど苦しいもんだって聞くぜ」

松次は藤代の掌を指の先までまじまじと調べて、

「爪《つめ》の間にも何もねえ。これじゃ、手掛かりはなしだ」

眉を寄せて口をへの字に曲げた。

絞殺された者は必死で絞められまいと抗《あらが》うため、相手の手を引っ掻き、血肉の片鱗《へんりん》を爪の間に残していることが多かった。

中には相手の手首に大きな深い傷を残し、傷が癒えぬまま、ふとした偶然でその罪の証が発覚することもなくはなかった。

「この女は人殺しまでやってのけてたってえのに、相手のなすまま、喜んで絞め殺されたってわけかい？」

「まあ——」

季蔵はたまらない気持ちで曖昧に相づちを打ち、

——ただし、喜んでいたのではない、おそらく、これも自分の運命と諦《あきら》めていたのだろう——

しばらく胸の辺りが痛かった。

六

藤代の懐《ふところ》から、小さな綴《つづ》りが出てきた。

〝石原屋主夜食覚え書き〟とあって、中を改めた季蔵は、

「これは、いつの頃か書き残された、石原屋の小丼の作り方を記したものです」

鯛飯丼や江戸粋丼の秘訣も事細かに書かれている。

——味を覚えていたと言って、作ってみせることができたのは、これがあったからなのか——

身元の知れない女と文吾の骸は番屋へと運ばれ、石原屋の主理兵衛が呼びつけられた。

あろうことか、理兵衛は、

「藤代」

女の方の名を先に呼んで骸にとりすがった。

「ああ、文吾まで」

目を瞬《しばた》かせる。

駆け付けてきた田端は座敷の上で両腕を組んで、理兵衛の様子をじっと窺《うかが》っている。

「空涙じゃねえといいがな」

松次が意地悪く声をかけた。

「わたしが空涙？」

呆気《あっけ》にとられたのは一瞬で、はたと気がついた理兵衛は真っ青になって震えだした。

「まさか、このわたしが実の弟と妹を殺《あや》めたなどとお疑いなのでは？」

「そうじゃあねえのかい？」

「違います」

理兵衛はきっぱりと言い切った。

「そいじゃ訊くが、昨日の暮れ六ツ頃、あんた、藤代ってことになってる女のところへ行っただろう？」

「いえ――」

理兵衛は目を伏せた。

「あんたずいぶん、道楽者の弟には苦労してたってえじゃないか。大番頭に聞いたよ。あんたのおとっつぁんの遺言には、駄目な奴だが、文吾も可愛い我が子なんで、生涯、暮らしに困らないようにめんどうを見るように、それをしなければ跡は継がせないって、書かれてたそうじゃないか。つくづく気の毒に思うよ。あんたの重石《おもし》は藤代が出てくれれば、譲らなければならないお宝だけじゃなかったんだから。これじゃ、跡を継ぐのも善《よ》し悪《あ》しだ。老舗《しにせ》の意地を通して、商い一筋に生きてきたあんたには、さぞかし、苦労で我慢がならねえことだったろう。せめて、金食い虫の文吾さえ、いなくなりゃあなんて、思ったことは何度もあるはずだぜ。俺だったら日に一度は、神棚に金食い虫の溺れ死にでも願うね。その上、本物だと言い張る藤代まで出てきちゃ、もう、たまんねえ。御先祖様から引き継ぎ、これからさらに高く築こうとしてる、大事な大事な身代が虫に食われて、無くなっちまいかねない。いっそ、この二人さえいなくなればって、思ったんじゃねえか」

松次は理兵衛の本音に分け入ろうとした。

理兵衛は無言である。梃子《てこ》でも引かない様子が見て取れる。

松次はこめかみに青筋を立てて、大声を張り上げた。

「隠し立てしても無駄だよ。あんたらしい後ろ姿を見たってえ、長屋のかかあがいるんだから」

「昨夜は仲間うちの集まりで山谷《さんや》の料理屋八百良《やおりよう》におりました」

「八百良にも話を聞いたさ。あんたは八百良に遅れて着いた。六ツ半（午後七時頃）だったと仲居の一人が覚えていた。長屋のかかあ連中が、あんたらしい奴の後ろ姿を見たのは暮れ六ツ時で、そいつは今、あんたが着てるのと同じ、上等の大島紬《つむぎ》を着てたってえ話だ。大店《おおだな》の旦那風の中年者が、女の家に入って行くのを見たって言ってるんだよ。かかあたちは噂好きで、かしましいが嘘は言わねえもんなのさ。観念して、本当のことを話してくれちゃあ、どうだい？」

「恐れ入りました」

理兵衛は土間にひれ伏して、

「お話しいたします、実は」

うなだれたまま、話し出そうとすると、

「相手の目を見て話せぬ者の話は、何人《なんぴと》たりとも信じぬことにしている」

座敷に控えていた田端が凛《りん》とよく響く声を張った。

「も、申しわけございません」

理兵衛はひれ伏したまま、座敷の田端の方へ向き直って顔を上げた。

「一つ、ここで、申し上げておきたいことがございます」

季蔵は田端に向けて目礼すると、藤代が持っていた〝石原屋主夜食覚え書き〟を見せて、

「子どもの舌は覚えがいいとは申しますが、数え七歳の子どもが十五年の歳月を経て、その時の味そっくりに、思い出して、作り上げることができるとは、わたしにはとても思えませんでした。でもこれで謎が解けました。藤代さんはこれに倣《なら》って作っていたのです」

「そりゃあ、まちがいなく、お宝を山分けしようとしていた文吾が、女につけた知恵だろうよ。あんた、これにも気づいて頭に血が上ったんじゃないのかい？」

松次に問い詰められた理兵衛は、

「わたしは父ほど食い道楽ではありませんし、店を繁盛させるためには、主と奉公人が力を合わせることが大事で、それには、せめて、夜食ぐらいは同じ物を食べるべきだと考えて、従来の主用の小丼を止めさせたんです。小丼の作り方は代々、賄人が伝えてきたのだろうぐらいに思っていたんで、今まで、そのような綴りがあったことさえ知りませんでした。わたしは文吾のように古書が好きというわけでもありませんので、古書蔵など、数えるほどしか覗《のぞ》いたことがないのです」

「だが、文吾が女にこいつを渡して、企みを話しているのを聞いたとしたら？」

「立ち聞きのような恥ずかしい振る舞いはいたしておりません」

理兵衛はいささか憮然《ぶぜん》とした面持ちになり、

「それはあり得ないと思います。そうだとしたら、藤代さんに小井を作らせて、わたしに真贋《しんがん》を見極めさせようとはしなかったはずですから」

季蔵は庇《かば》った。

「藤代に会いに行った理由を訊こう」

田端が促した。

「実は今、石原屋は、高級椿油の商いが伸《の》るか反《そ》るかの瀬戸際にございます。大袈裟《おおげさ》に申しますと、あと五十年、いや百年後にまで語り伝えられる、極上のそのまた上をいく椿油を作らせて売る、商人冥利《あきんどみょうり》に尽きる商いができるかどうかが、かかっているのです。そのためには、よい質の椿の実の買い付けが必要で、これには金がたんとかかります。わたしはそのために、父の遺言付きの金の仏像をかたにして、大金を借りました。蔵にあるままにしておいてもらう代わりに、金利は高くなりました。そんなわけで、わたしは藤代に今しばらく、お宝の譲り渡しを待ってもらうつもりでした」

――石原屋の蔵へは、お奉行だけが足を向けていたわけではなく、高利貸しもお宝を見張っていたのだな――

「もしや、あなたは初めから、名乗り出てきた藤代さんが、実の妹だと分かっていたのでは？」

季蔵は咄嗟《とつさ》に口走った。

「いなくなった藤代には、額の生え際に小さな小さな傷がありました。その傷はよく見ると曲尺《かねじゃく》型で、一見は赤い黒子《ほくろ》のようにも見えます。子どもの頃の藤代は可愛かったのですが、年齢の差もあって、時に相手をするのがめんどうになることもあり、邪険にこづいた時、文鎮の角にぶつけて血が噴き出たのです。この傷は深く、治っても痕《あと》が残る、大事な女の子の顔に何ということをしてくれたのかと、わたしはどれだけ、父に責め立てられたかしれません。父がわたしにこれほど藤代や文吾のことを背負わせたのは、その時の怒りが、死ぬまで、消えていなかったせいかもわかりません。文吾は幼かったので、その傷のことは知りません。そんなわけで、わたしは戻ってきた藤代の傷を見逃さなかったんです。わたしには、一目見た時から、藤代だとわかりました」

「だから、殺したんだな？」

松次は認めさせようとしたが、

「わたしが藤代のところへ行ったのは、藤代の額の傷の話をして、妹だと認めるためでした。石原屋の血を引く一人として、商いの成功を祈ってほしい、そのためには、しばらくの間、お宝を預けておいてくれと頼もうとしたのです」

「藤代さんはどんな様子でしたか？」

「わたしは当然、喜んでくれて、〝兄さん〟と呼ばれるだろうと思っていましたが、何やら、戸惑っている様子の藤代は、〝ほんとうにそう、お思いになってくださるんですね〟と他人行儀に、何度も念を押しただけで、一度も笑顔を見せませんでした。〝明日にでも、石原屋へ帰ろう。おとっつぁんが、おまえの部屋にすると決めていた部屋は中庭付きで、今は咲き乱れている江戸菊が見渡せる〟と言っても、〝それはそのうちに〟などと生返事でした」

「お宝の話をしたのかい？　すぐにでも、お宝がほしかった藤代は、あんたに預けるのを渋ったんじゃあねえのか。そうとわかって、あんたは困り果てて、手に掛けたんだろう？」

松次は探るような目を走らせた。

「いいえ、商いに大事な頼み事をしなければいけないと思いつつも、言えませんでした。長屋住まいの藤代は、わたしが妹だと認めないせいで粗末な形《なり》をしていました。そしてわたしは、自分が妹に付けた目の端の傷をこの目で、もう一度見たんです。すると、自分の身勝手さが、たまらなく、恥ずかしくなって、とても言い出せなかったんです。こればかりは本当です」

七

「文吾さんとは会っていないのですか？」

季蔵が訊くと、

「もちろんです。〝小丼の夜食作りで本物かどうか、確かめようなどと言い出したのは、ただ、店から追い払うためだった。どうか、許しておくれ。明日、迎えを寄越す〟と言い置いて藤代の長屋を出ました。鐘が聞こえなかったので、暮れ六ツにはまだなっていなかったはずです。文吾とは会っていません」

「店に迎えてから、藤代にお宝預かりの頼み事をするつもりだったのか？」

　座敷の田端が声を投げた。

「はい。藤代が頼み事を聞き分けてくれなければ、すぐにも、石原屋は潰れてしまいますから」

「ふーん、なかなかの役者っぷりだが、殺してさえしまえば、頼み事などせずにすむ。作り話は、たいがいにしろ。さあ、正直に二人を殺めた時の様子を白状するんだ」

　松次がもう一息とばかりに、声を荒らげて責め立てた時、

「邪魔しますよ」

　番屋の戸が開いた。

　洗いざらしの縞木綿《しまもめん》を着て、赤子を背負い、幼い子どもの手を引いた女が立っていた。

「あたしゃ、堀江町の次左衛門長屋のおとよってもんです」

　入ってきたおとよは土間に座った。

「新入りがあんなことになった後、ここにいる親分に訊かれて、そこの男を見たって話をした。その後で、ほかにも、別の男を二人、見たって、宵っ張りの居職《いじょく》の爺《じい》さんと、仲居をしてて帰りの遅い、隣りのおきみちゃんがあたしに言いに来たんだ」

どうやら、おとよはこの長屋のまとめ役のようである。

「ほんとは爺さんやおきみちゃんを引っぱってきたかったんだけど、番屋と聞いただけで震えが来て、足が進まないって、尻込みしてるんで、あたしで勘弁してください」

「どんな男たちを見たというのだ？」

田端の声が凜と響いた。

「二人とも見たのは後ろ姿だけだそうで。一人は長めの茶羽織を着た洒落者で、ただし、痩《や》せて貧弱な上、背中を丸めて歩いてたって」

――文吾さんに間違いない――

季蔵の会った文吾は、暗い古書蔵に屈み込んでいることが多いせいか、目立つ猫背であった。

「もう一人は堂々とした恰幅《かっぷく》のいい男で、ちらっと腰の物が見えたそうだよ。そのお侍は歩き方と背中に隙がなくて、怖いくらいだったって、爺さんは言ってた。細々と研《と》ぎ物で暮らしを立ててる、その爺さんも昔はお侍で、用心棒に雇われてたほど、腕がそこそこよかったんで、そいつが腕がたつってわかったんだそうだよ」

「二人を見たのはいつ頃だったか、覚えていてくれましたか？」

季蔵は訊かずにはいられなかった。

「えーっとね。侍を見た爺さんの方は、暮れ五ツ（午後八時頃）より前だったと思うよ。爺さんときたら、毎夜五ツを過ぎての酒盛りだけを楽しみに生きてるんだけど、酒が入ると、とたんに、人のことなんて、目に入らなくなって、死んだ連れ合いの話ばかりしてんだから。あんた、泣かせるんだよ、これが――」

思い出して、目を瞬かせたおとよを、

「その話はいい。猫背の方を見たのは、おきみという仲居だったな」

田端が鋭く先を促した。

「おきみちゃんの帰りは毎晩四ツ（午後十時頃）頃だよ」

おとよはやや不機嫌に応えた。

――これで理兵衛さんが帰った後、文吾さん、そして、謎の侍が藤代さんを訪ねていたことになる――

「その侍が二人を殺《や》ったとして、どうして、刀を使わなかったんだ？　俺はやっぱし――」

松次はまだ疑いの目で理兵衛を見ていた。

「よく報せてくれた、礼を言う」

土間に下りてきた田端はおとよを帰らせた。

この後、田端は烏谷に報せたが、正体不明とはいえ、侍という新たな人物が現れたことで、妹弟殺しの証は不充分と見なされ、詮議はされず、理兵衛は無罪放免となった。

ほどなく、烏谷から以下のような文が届いた。

〝藤代の供養を理兵衛から頼まれている。暮れ六ツに行くゆえ、塩梅屋流に行うように〟

「四十九日はまだでしょうに」

文を見たおき玖は首をかしげた。

「石原屋さんは、下手人かもしれないのにという世間の冷たい風に、立ち向かうかのように、盛大に御弟妹の弔いをなさったわ。この上、どんな供養をしたいというのかしら。文には藤代の供養とだけあって、文吾さんの名は書かれていない。これも気にかかるわね」

「少し出てきます」

急遽《きゅうきょ》季蔵は青物屋や魚屋、海産物屋を回って、食材を買い求めて戻った。

五目飯のために干瓢や干し椎茸を煮て、蓮や人参等を刻み、三枚に下ろした甘鯛を焼く。凍ったなまり節は火の近くに置いて、柔らかくなるまで待ち、牛蒡ともども、藤代がやってみせたように、炊き込み用と上に載せる具との切り方、煮付け方を変えた。

「鯛飯小丼と江戸粋小丼ってわけね。でも、あの大食漢のお奉行様だったら、大丼にしないと――。うちに大丼はないから、大鉢ってことになるんでしょうけど、丼に見立てられる鉢、あるにはあったけど、どこにしまったか思い出せない」

頭を悩ますおき玖を、

「大丈夫です。大丼も鉢も使いませんから。藤代さんが小丼の夜食を作ったのは、幼い頃、別れたまま、とうとう、生きて会うことは叶わなかった、大好きなお父さんへの供養だったと思います。そんな藤代さんへの供養ですから、やはり、ここは小丼でないと。お奉行様にもおわかりいただけるはずです」

　おき玖は安心して、五目飯と鰹牛蒡飯を盛った寿司桶《すしおけ》二桶と、焼き甘鯛と牛蒡の鰹煮付けの載った各々の大皿を、離れに用意し、季蔵は烏谷を待った。

　別に二つの小丼には、鯛飯と江戸粋飯が盛られて、先代長次郎の仏壇に供されている。

　これを見た烏谷は、

「行き届いた供養だ」

　と洩らし、まずは仏壇に手を合わせると、

「季蔵は、そちそっくりになったぞ。満足であろう」

　位牌《いはい》に向かってしんみりと語りかけた。

「それでは、わしも供養をいたすとしよう」

　箸を手にしたとたん、烏谷の顔は笑みで埋まった。

　鯛飯小丼と江戸粋小丼が交互に、三口ほどの速さで烏谷の腹におさまっていく。

　季蔵は二本の杓文字を使い分けて、空になった小丼を次々に満たしていく。

「前に、ある奥州の大名屋敷に招かれたことがある。その時は小さな椀に、二口ほどで啜り込める蕎麦《そば》が、今のそちに似た手際で、投げ込まれ続け、それはそれは面白い思いをした。だが、そろそろ、腹がくちくなってきたので、もう、その手際は仕舞いにしてくれ」

　季蔵の手を休ませると、寿司桶や皿を引き寄せ、鯛飯用の杓文字を貰い受けた烏谷は、

「ここからは、鯛飯の方を多く食うゆえ、自分でよそう。江戸粋飯は美味いが、いかんせん、腹に応える」

ぽんと一つ、見事に突き出ている腹を叩いた。

「お願いがございます」

季蔵はやや箸の動きが鈍くなったところで居住まいを正した。

「申してみよ」

「食べ物だけの供養では足りていないと、わたしは思います」

「塩梅屋の主としての供養だけではなく、別の供養もしたいと?」

烏谷の細めた目が光った。

「お奉行のお命じとあらば――」

緊張した面持ちで季蔵は相手を見据えた。

「藤代と文吾が殺された夜分、石原屋理兵衛は、仲間うちの会合に出ていて、一度も席を立たなかったと調べがついている。この場に際して、わしは罪ある者を庇ってなどおらぬぞ」

「承知しております」

「それでは何をしたい?」

烏谷の目の光が強まった。

「文吾さんより前に、[illegible]んの家に入って行ったという、もう一人の男が下手人です。

この侍は藤代さんを駒のように操って、盗みや拐かしをはじめ、人殺しにまで手を染めさせたのです。その挙げ句、邪魔になると、口封じに殺してしまったのですから、あまりに酷すぎます。ここまで人の道を踏み外した悪は、断固、断たねばならないとわたしは思っております。許せません。どうか、この極悪人をわたしに捜し出させてください。お願いです、この通りです」

深く頭を垂れた季蔵の目も、刀に映った一筋の光さながらに鋭かった。

第四話　秋はまぐり

一

「武家とはいえ市中で犯した咎《とが》は、我ら町奉行所が取り締まることになっている。よって、堀江町の次左衛門長屋で二人を殺した侍を詮議《せんぎ》できるが、後ろ姿だけでは人相書きは作れず、正体、行方《ゆきがた》知れずだ。もとより、武家屋敷には町方は入れぬ決まりだ。はて、どうする？」

烏谷《からすだに》はぐいと上目づかいに季蔵《としぞう》を見据えた。

「わたしを止めようとなさるのは、それだけのことでございましょうか？」

季蔵は食い下がった。

「今度は言いがかりか？」

「あれからすぐ、田端《たばた》様や松次《まつじ》親分は、下手人を見たという年寄りに、くわしい話を聞こうとしたのだそうですが、年番与力《ねんばんよりき》様じきじきに、〝この件は詮議なしとせよ〟と命じられたと、たいそう、気を落とされてここへいらっしゃいました」

するとは鳥谷は知らずと声を低め、

「年番与力には、わしなど足元にも及ばない、上の方々の息が掛かっている。これだけ言えば、そちにもわかろうが――」

珍しく鼻の上に縦皺《じわ》を作って苦笑して、

「お上が白で悪党が黒と決まっていないゆえ、世の闇《やみ》は広く深い。底知れぬ闇に呑《の》まれる覚悟があるなら、この詮議を続けよ。もとより、わしはそれを望んでいる。闇の中にも、時折は正義の光が射さねば、これといった贅沢《ぜいたく》もせずに、ただただ、まっとうに働いて、命を終わらせて悔いることのない、多くの者たちの心意気に背くことになるからだ」

「お気持ち、よくわかりました」

季蔵は深々と頷《うなず》いた。


神無月も末に近づきつつある恵比須講の翌日、塩梅屋《あんばいや》では、注文流れになった甘鯛《あまだい》を安く買い、並みの大きさの丼にふんわりと盛った五目ご飯の上に、厚い焼き切り身を五切れも載せた、豪勢な鯛飯丼が供されることになった。

「それにしても、何だって、こんな時にまた――」

首をかしげつつ呟《つぶや》いたおき玖《く》に、

「何かあったんですか？」

季蔵は甘鯛を焼く手を止めた。

「尾上秋紫《おのえしゅうし》を覚えてるわよね」

「三年前に亡くなった役者さんでしょう？」

「あんな死に方はあんまりよ」

女形《おやま》だけではなく、立ち役を演じさせても出色、と人気の高かった尾上秋紫は、家の鴨居《かもい》に腰紐《こしひも》をかけ、首を括《くく》って自ら果てたのである。

「人気に翳《かげ》りなんて出てなかったし、まだまだこれからだって時にねえ、どうしてだったのかしら？」

――人が自ら選ぶ死の理由《わけ》はわからない。武家ならば、責めだけで死ぬしかないこともあるのだが――

主家の嫡男の奸計《かんけい》に落ちて、前もって割られていた茶碗の責めを負い、危うく、自害させられそうになったことを、季蔵が思い出していると、

「邪魔するよ」

「酒だ、酒、まずは冷やだ」

「酒も喧嘩《けんか》もそこそこにしといてくださいよ」

履物屋の隠居喜平《きへい》、大工の辰吉《たつきち》、指物師《さしもの》の婿養子勝二《かつじ》の三人が入ってきて、いつものように床几《しょうぎ》に座った。

「はい、どうぞ」

おき玖は素早く、辰吉の前に冷やの湯呑み酒を置いた。

「よし、行くぞ」

掛け声をかけてごくごくと飲み干した辰吉は、

「俺はこれほど頭に来たことはねえぜ」

見栄《みえ》で酒を飲む類《たぐい》の辰吉は、すぐに酒に呑まれてしまって、ふくよかな恋女房を褞袍《どてら》呼ばわりする、女にうるさい喜平に喧嘩を売るのが常であった。

「辰吉さん、今日は早すぎますよ。俺、腹が減ってるんです」

必死で止めている勝二は、ちらちらと甘鯛の厚い切り身を、五目ご飯の上に載せる季蔵の手許《てもと》を見た。

「こりゃあ、また、このところ、お目にかかれなかった甘鯛だ」

食通の喜平は、たとえ焼いた切り身であっても、たいていの魚は見分けられる。

「へえ、そうなのかい」

目が丸くなって、辰吉の怒りが一瞬おさまった。

神無月は二十日の恵比須講は、商いの神様大黒天が祀《まつ》られる。市中では例年、この恵比須講に欠かせないとされている、頭付きの真鯛をはじめ、鯛と名のつく魚が大人気を呼ぶ。

それを当て込んで買い占めが起きて、値が吊り上げられるのは、武家の酒宴やもてなしに鯛が欠かせないからであった。どんなに高くても鯛を膳に載せなければ、客人に対して体面が保てないのが武家であった。

それゆえ、そもそもが高値の魚である鯛が急騰し、恵比須講前後は、市中を売り歩く魚売の盤台《ばんだい》の上に、まず、見かけることはなかった。

「御馳走《ごちそう》ですね」

洩《も》らした勝二は、

「うちじゃ、鯛は倅《せがれ》の勝一《かついち》だけで——。それも、お頭付きだけどちっぽけな鯛で、〝それでも高かったのよ。向こう三日は菜はおからの煮付けにするしかないから〟と、うちのに言われたばかりだったんで、こりゃあ、もう、極楽飯ですよ」

切なげにぼやきつつ、目を輝かせて箸《はし》を手にした。二人は勝二に倣《なら》って、

「美味《うま》いよ」

喜平はぽつりと呟き、

「ん」

辰吉はかつかつと掻《か》き込み、

「極楽より美味いです、ありがたい、神様仏様、あ、神様は違いました」

勝二は惜しむようにゆっくりと箸を進めた。

「それでも、おまえのとこは、自分の子が鯛を食ったんだから、まだ、ましさ」

大食い競《くら》べで勝ち残ったことのある辰吉は、素早く丼を空にして、勝二に話しかけた。

喜平の方は見ていない。

「え、ええ、ま、まあそうですけど」

勝二は酔っている辰吉の因縁《いんねん》を恐れている。

——あら、今日は風向きが違うのね——

おき玖はへえという顔になった。

「うちなんか、俺が汗水垂らして、肩が動かなくなるほど鉋《かんな》を使って、貯めた金でよ、おちえのために鯛を買ったんだ。いいか、名ばかりの鯛じゃねえ、お頭の付いた真鯛で、おちえは子どもじゃねえから、ちっとは大きなものをと張り込んだんだ。ところがよ、おちえときたら、そいつを大雲寺にある尾上秋紫の墓に供えちまったんだ。こりゃあ、もう、頭に来たぜ」

「そういう時は一発、がつんと見舞うのが亭主ってもんだ。褞袍にはそれくらいしねえと応《こた》えねえ」

喜平が口を挟むと、

「俺の女房を褞袍呼ばわりするのは止《や》めてくれ」

辰吉は思いきり両目を吊り上げた。

「そういえば、おちえさんはお芝居が三度の飯より好きな類《たぐ》いだったもんねぇ。一度、役者絵を売る絵双紙《えぞうし》屋で見かけたら、いろんな役者の名を挙げて、誰それにこれこれの役を演じさせたら、右に出る者がいないんだとか、それはそれはくわしかったもの——」

おき玖がふと口を滑らせると、

「三度の飯より好きなら、布団に間違われることもねえはずだ」

喜平は慎まず、

「許さねえぞ」

とうとう、辰吉は大声を出した。

「ところで、尾上秋紫の命日は恵比須講の日でしたか？」

見かねた季蔵がおき玖に訊《き》くと、

「いいえ、命日は五日で、祥月命日《しょうつき》は弥生月《やよい》よ」

「では、どうして、恵比須講の鯛を秋紫の供物にしたのです？」

すると三人はしばし、啞然《あぜん》としていた後、

「何だ、まだ、知らねえのか」

辰吉は憮然《ぶぜん》と言い放ち、

「知らないで悪いこともねえさ」

喜平も笑わず、

「とにかく季蔵さんは料理一筋なんで、耳に入ってなかったんだろうけど、尾上秋紫が生き戻っているっていう、もっぱらの噂《うわさ》なんですよ。一昨日《おととい》から、瓦版《かわらばん》がやんやと書き立ててます」

——また、生き戻りか——

季蔵の顔から笑みが消えて、

「さっき、お嬢さんはこの話をしようとなさってたんですね」

おき玖の方を見た。

「実はそうなのよ。でも、あんまり、途方もない上に、ぞっとするような出来事なんで、さらさらとは話が続けられなくて――」

うつむいてしまったおき玖に代わって、勝二が話し始めた。

「瓦版の生き戻り尾上秋紫の話は俺がしますよ。何日か前、噺家《はなしか》の赤松亭千助《あかまつていせんすけ》が、寄席《よせ》の帰り道に斬《き》り殺されたんだそうですが、額に胡椒《こしょう》が振られた焼き蛤《はまぐり》が載せられてんだとか――。胡椒やきはまっていえば、蛤好きだった秋紫が、広めたものだってのは知られてますよね。ですけど、食通を気取ってた千助は〝こんな食い方は邪道だ、やきはまは塩か醬《しょう》油《ゆ》、せいぜいが山葵《わさび》に限る〟と言い張った。これもかなり知られてます。胡椒やきはま嫌いが高じて、千助は秋紫嫌いだったんです。坊主憎けりゃ、袈裟《けさ》までとはよく言ったもんですよ。一説には、秋紫が自死したのは、千助が毎回高座で、秋紫独特の蛤食いについて、〝女形の芸も満足にできない奴が、立ち役で興ざめの見栄を切るのと似たようなものだ。胡椒蛤と尾上秋紫はすこぶるつきの下手物《げてもの》だ〟と繰り返してたのが、理由だって言われてたんだそうですよ」

二

「秋紫さんの胡椒焼き蛤は知っていましたが、そこまでの裏話があったとは初耳です」

季蔵は興味深く話を聞き、勝二は先を続けた。途中、喜平と辰吉が交互に欠伸《あくび》をしたのは、すでに知っているからだった。

「赤松亭千助といえば、若くして真打《しんう》ちに昇進した天才って言われてきた噺家で、その意味じゃ、全盛期の歌舞伎役者尾上秋紫と同じです。千助が秋紫のことを胡椒やきはまにかこつけて、糞味噌《くそみそ》に詰《なじ》っても、瓦版屋がネタにしなかったのは、千助、秋紫それぞれの贔屓《ひい き》筋を怒らせないためだって、顔見知りの瓦版屋が言ってましたよ。いつも飛ぶように売れるとは限らない瓦版屋には、噺家や役者の後ろ盾になれるような、大店《おおだな》の紐がついているのだそうです。だから、秋紫が死んだ時も、瓦版は神妙に、悼《いた》んでただけだったんですよ。千助はまだ生きてぴんぴん、高座をこなしてましたし、さすがに秋紫の悪口は、ふっつりとネタにしなくなりましたしね。ところが、千助が死んだはずの秋紫に、恨み殺されたかもしれないってことになると、瓦版屋にもう怖いものはありゃしません。誰を恐れることなく、眠らせてたネタを思いきり叩き起こして、書きまくり、売りまくってるってわけです」

「食べ物の恨みは怖いって言うからね。悪口を苦にして死んだ秋紫も、成仏できずにいたのさ」

喜平がふっと洩らすと、

「ところが秋紫は死んじゃいないっていう説もあるのよね」

おき玖が低い声で呟いた。

「その話はおちえもどっかから聞いていて、きゃあきゃあ言ってた」

辰吉はまたしても目を怒らせ、

「俺がなけなしの銭を叩《はた》いて買った鯛を、あっさり、秋紫の墓に供えちまったのもそれだ。殺された千助の額に、胡椒やきはまが載ってたってわかってから、きっと、生き戻った秋紫は、ひもじい思いをしてるんじゃねえかってことになって、奴の墓には贔屓だった女や客たちの供え物がわんさか並んでるんだ。そして、驚いたことにゃ、次の日の朝にはそっくり無くなってるんだってさ。おちえなんて、俺が買ってやった鯛が無くなってるのを、わざわざ大雲寺まで確かめに行って、〝よかった、これで少しは秋紫さんの役に立った〟と来たもんだ。これじゃ、肩を腫《は》らして大工仕事をこなして、女房を喜ばせようとした自分が、馬鹿の骨頂に思えてくるぜ」

さらにおちえへの憤懣《ふんまん》をぶちまけると、少なからず、すっきりした面持ちになって、

「ま、あいつの楽しみときたら、歌舞伎の立見席に陣取るだけだからな。仕方ねえか、これぐれえは――」

惚気《のろけ》と悟らずに呟いた。

「秋紫が実は死んじゃいねえという話を、わしは秋紫が死んですぐ聞いた」

喜平の言葉におき玖は頷いて、

「御隠居も知ってたんですね」

「並外れておかしな話だったんで、へえとその時は思っただけだったがな」

「話してください」

季蔵は促した。

「役者の三拍子とは、声、姿、顔なんだそうで、それが見事に揃《そろ》ってた秋紫は嫉《ねた》まれることが多く、心が挫《くじ》けかけてたそうだ。もう、これ以上、市中の舞台に立ちたくない、立たなければならないのなら、死んだ方がましだと思い詰めていたところを、芝居好きで知られてる、ある西国のお大名に見初《みそ》められた。そこはたいした石高《こくだか》の家で、国許《くにもと》の屋敷の中には、秋紫のためだけの舞台が作られ、お殿様一家も秋紫に芝居を習う等、のどかな日々を過ごしているのだという。秋紫はこの世のものとも思えない、若く美しい側室を拝領して、侍の身分さえ得て、子宝にも恵まれているのだとか――」

喜平はそこで洟《はな》を啜《すす》った。

「あたしが聞いたのも同じ話」

おき玖も目も潤ませて、

「いいわよね、そのお話。本当だって信じたいわ」

「そんな具合に生きてたら、市中に戻って、墓の供え物なんぞ当てにしねえと思うぜ」

辰吉は呆《あき》れ、

「天敵の赤松亭千助を殺したりしないし、お大名の贅沢三昧《ぜいたくざんまい》につきあってりゃ、食い物の恨みなんてないと思いますよ」

勝二は首を横に大きく振った。

「ところで、どうして今時分、蛤なのでしょう？」

季蔵は首をかしげた。

「そうさな、たしかに蛤の旬は春だ」

喜平は頷き、

「たしか、秋紫さんが胡椒焼き蛤を流行《はや》らせたのも、旬の頃だったと思います」

「そうそう、秋紫さんは〝胡椒やきはまが食べられるのが、春だけなのが残念だ〟って、これまた流行った川柳を残してたわね。ええっと、〝はまぐりや胡椒までも旬のうち〟。恨んで仕返しをするのなら、旬の春を選ぶんじゃないかしら」

おき玖は頬杖《ほおづえ》をついた。

「ご免よ」

松次が声を掛け、のっそりと田端が戸口を入ってきたのは、その翌日の昼過ぎであった。

「お役目ご苦労様です」

おき玖が早速、田端に冷やの湯呑み酒を、松次には甘酒を出した。

田端も松次も無言でぐいと湯呑みを傾けた。威勢がいいのではなく、やけくそのように見える。

「するめでも焼きましょう」

季蔵は七輪に火を熾《おこ》した。

「お代わり、今すぐ」

おき玖は緊張した面持ちで、さらに湯呑み酒と甘酒を運んだ。

「何かございましたか？」

季蔵はさりげなく訊いた。

「あるもない も――赤松亭千助が生き戻りの尾上秋紫に殺されたってえ、もっぱらの噂だろうが――。あんただって、とっくに知ってるだろう？」

松次はやや険のある目で季蔵を見据えた。

――もしかすると――

疑念はあったが、季蔵は訊かずにはいられなかった。

「大変なお役目はその件なのでございますか？」

「赤松亭千助殺しは辻斬《つじぎ》りの仕業と見なされ、詮議は打ち切られた」

田端は吐き出すように言った。

「でも、額には、秋紫さんが流行らせた、胡椒やきはまが載せられていたという話ですが――」

「それは通りかかった、酔狂な酔っ払いの悪戯《いたずら》だろうということになった」

「今時分、蛤ですか？」

「旬ではないが、中秋を愛《め》でるのに、蛤鍋は欠かせない。この中秋の後も蛤鍋を好む者がいて、仲間と集まって鍋を突っつき、酔った弾みで袖《そで》に鍋の蛤を入れ、帰る途中、出遭った骸《むくろ》の顔に投げ捨てたんだと」

田端は馬鹿馬鹿しくてならないといった、憤怒《ふんぬ》も露《あら》わな表情で説明を続けた。

「しかし、顔に載っていたのは胡椒やきはまなのでしょう？」

「さらにまた、そこへ、胡椒好きの酔っ払いが通って、ふと思いつき、蛤に胡椒を振りかけたんだと言うんだよ。こんな話、子どもが聞いても笑い出すぜ」

松次は河豚《ふぐ》のようにぷっと両頬を膨らませた。

「見つけた時、胡椒やきはまの殻に焼き目はありましたか？」

「たしかにあったよ。田端様がそれを申し上げたところ、それなら、鍋を突いていたんじゃなく、蛤を焼いて酒を飲んでたんだろうってことで仕舞いになった」

――お上は何としても、生き戻りなど起きてはいないと言い通したいのだ――

季蔵は烏谷のよく光る目を思い出した。

――お奉行は市中の平安を保つことが、皆の幸せにつながるという、強い信念をお持ちだが、そのために、真実さえ斬り捨てることを辞さない――

石原屋《いしはらや》が極上椿油の専売で成功した暁《あかつき》には、おそらく烏谷は、約束通り、金の仏像を売った半金を受け取り、市中の朽ちかけた橋や堤防の修理の費《つい》えにするはずだった。

――お奉行はわたしとは、異なる正義を持ち合わせてるのだ――

「石原屋さんのお身内とあって、藤代《ふじよ》さん、文吾《ぶんご》さんの弔いはご立派でした。藤代さんも晴れて、石原屋の娘と認められたのが、唯一の救いです。生きていてくれたらという想《おも》いは残りますが――」

季蔵は二人が何か摑《つか》んでいるかもしれないと思って水を向けた。

――極悪非道な黒幕に行き着くためには、どんな些《さ》細《さい》な手掛かりでもほしい――

「そうは言っていても、たとえ生きていても、藤代は人を何人も殺《あや》めてる。よくて死罪、悪くすると打ち首、獄門ものだ。いくら石原屋が手を回しても、罪一等を減じるのはむずかしいよ」

湿った松次の言葉を跳ね返すように、

「しかし、生きていれば、裏にいる輩《やから》を炙《あぶ》り出すことができたやもしれぬ。これだけの大芝居、到底、女一人で打てるものではない。我らは巨悪を見逃している」

捨て鉢に言い放った田端は、湯呑みの酒を一気に呷《あお》った。

「数え七歳で拐《かどわ》かされて以後、藤代さんがどこでどうしていたかという、手掛かりはないのですか？　武家の躾《しつ》けを受けていたという以外に――」

季蔵は田端を見つめた。

「藤代は本芝の橘屋《たちばなや》という、仲居の器量を看板にしている料理屋で働いていた。これは生前、文吾がどんな場所へ出入りしていたかを調べてわかったことだ。文吾は実の妹だと知らず、藤代が気に入って、足しげく、通っていたのだという。藤代の元を訪れた理兵衛《りへえ》は、まちがいなく実の妹だと断じた時、藤代は魂が抜けたようであったという。知らなかったのだ。悪党の仲間だった藤代は、そうしろと命じられるままに、文吾に持ちかけ、神隠しにあった石原屋の娘の生き戻りを、実は自分が本物だと知らずに演じ続けて、仏像を騙し取ろうとしたのだろう」

――訪れた理兵衛さんに血のつながりの証《あかし》を指摘された時、藤代さんはどれほど驚き、また悪に手を貸してきた来し方を悔いたことだろう――

季蔵は藤代の諦《あきら》めきった死に際の様子を思い起こして、やりきれなさが胸に溢《あふ》れた。

――ここまで酷い思いをさせた奴が憎い。何としてでも、見つけ出してやる。手掛かりは働いていた料理屋にあるかもしれない――

知らずと、季蔵の焼いたするめを裂く手に力が籠《こ》もった。

「藤代のことで調べがついたのはこれだけだ」

ふうと虚《むな》しいため息をついて、田端が湯呑み酒に手を伸ばすと、

「まあ、お一つ」

季蔵は手早くするめを盛った皿を差し出した。

三

翌日、仕込みを終えた季蔵は昼過ぎて、藤代が文吾と出遭った橘屋へ足を向けた。

塩梅屋と名乗った季蔵は、

「女将《おかみ》さんにお取り次ぎください」

案内を乞《こ》うた。

「ああ、あの煎《い》り酒《ざけ》の塩梅屋さんね」

長く厨《くりや》の下働きに通ってきている大年増《おおどしま》が首をかしげた。

「でも、まだ間に合ってるはずよ」

客の目当ては美人の仲居で、料理は二の次の橘屋では、長次郎の頃から、ここの女将のたっての頼みで、煎り酒を分けている。

「いえ、女将さんにお話があるのです」

「ちょいとお待ちを」

こうして季蔵が小部屋で待っていると、初老の女将万寿《ます》が入ってきた。

料理ではなく、主に色香を売る店の女将とあって、万寿のでっぷりと肥えている全身からは、脂粉《しふん》の匂《にお》いが立ち上っている。

「ここにいた藤代さんについて、お訊きしたいのです」

「あらまあ」

万寿は額にかかった一筋の銀髪を振り払う仕種《しぐさ》も艶《あで》やかに、

「二代目塩梅屋さん、あんたもあの娘《こ》に執心だったのね」

恋心ゆえの追及と誤解した。

──えい、成り行きだ──

「そんなところです。だから、どうして、藤代さん、いえ藤代が殺されなければならなかったか知りたくて──」

「あたしは好きですよ、そういう一途《いちず》な男の想い。でも、あの娘には亭主がいたのよ。妹とも知らずに、熱心に通ってきてて、一緒に殺された石原屋さんの弟さん、文吾さんには気の毒したわね。でも、それがかえってよかったのよ、妹と契《ちぎ》ったら犬畜生だものね」

生き戻り石原屋藤代が本物だったという話は、盛大な弔いもあって、すでに市中に知れ渡っていた。

「どうして、ご亭主がいるとわかったのです？」

「そりゃあ、あなた、長年、こういう稼業をしてれば、勘が働くものなの。あの娘、決して、文吾さんを泊まらせたりはしなかったからね。あたし、一度だけ、文吾さんに、〝いいんですか？　ご不自由かけますね〟って、謝ったことがあって。そうしたら、〝気にしないでください、これは二人で決めてることで、時が来ないうちは泊まりません〟って。あたしは、けじめの祝言《しゅうげん》を藤代が持ち出してるんだと、すぐぴんと来ました。こんな場所で働いてる女が、祝言を泊まらせない言い訳にするのは、亭主とか、ほかに想う男がいるからなんですよ。珍しくも何ともないんですけど、惚《ほ》れた女が相手だと、男って弱いもんなんですよ」

「ご亭主について、藤代が何か洩らしていたようなことは？」

「そんなこと、ぺらぺら口から出すような女を、うちで雇うわけありませんよ」

万寿はふふふと笑って、

「うちが器量好《よ》しを集めてるのをご存じでしょう？　きさくで明るい町娘も親しみやすくていいけれど、行儀作法の出来た、凛《りん》とした雰囲気の武家娘に、相手をしてもらうのも一興だっていうお客さんも多いんです。そんなわけで、町娘と武家娘は口入屋《くちいれや》を変えているんですよ。おや、どこかと訊きたそうな顔だわね」

「藤代のご亭主のことを知らないと、心の整理がつかなくて――」

「まあ、調べりゃ、わかることだから教えてあげる。武家娘は芝神明《しんめい》町の有吉屋《ありよしや》さんにお願いしてるんですよ」

「ありがとうございました」

有吉屋には明日、出向くことに決めて、季蔵は塩梅屋に戻った。

戻しておいた切り干し大根と、湯通しして細切りにした揚げを、出汁《だし》と梅風味の煎り酒で煮上げて小鉢に盛った。

「いよいよ大根料理の幕開けね」

大根好きのおき玖が目を細めた。

塩梅屋では先代の頃から、霜月の声を聞くまでは、大根の煮付けは切り干し大根を使うのである。

「霜が下りないと、今ひとつ、大根って奴には、甘みが入らねえもんさ。下ろしにはまあ、それでもいいが、煮るとなると妥協はできねえ」

長次郎の口癖であった。

「お久しぶりです」

元は噺家　松風亭玉輔《しょうふうていたますけ》で、今は跡を継いで、大店の廻船《かいせん》問屋の主《あるじ》におさまっている、長《なが》崎屋五平《さきやごへい》が塩梅屋の戸口に立った。

「おちずさんと坊やは元気？」

おき玖が明るい笑顔を向けた。

五平には女浄瑠璃《じょうるり》で人気を博していた恋女房のちずと、目に入れても痛くない一粒種の五太郎《ごたろう》がいる。

おき玖との取り止めもない話が一段落したところで、

「ここの切り干し大根は天下一品」

五平は小鉢に箸を向けた。

「味付けに味醂《みりん》も砂糖も使っていません。霜が下りてからの大根を干して作る切り干しなので、切り干しそのものの味が甘いのです」

季蔵は微笑《ほほえ》んだ。

「これだけで、酒が楽しめる」

五平はゆっくりと盃を傾けた。

「ところで――」

小鉢は空になりつつあった。

「折り入って、頼み事があるんですが」

五平は恐る恐る切り出した。

「料理と噺に関わることですか？」

季蔵が苦笑したのは、五平の訪れはたいてい、出張料理の依頼を兼ねていたからである。

噺家を辞めた後も五平は、知人を家に集めて、噺の会を催している。

この時ばかりは、一時、松風亭玉輔に戻って、大好きな噺を客たちに聴かせるのだが、さらに喜ばせようと、当日の噺に添った料理が供される。演目が〝時そば〟の時は、不慣れなそばを打ったことさえあって、季蔵はこの噺料理の立役者であった。

「噺に料理を掛けるのはむずかしい。できれば勘弁してもらいたいところです」

「料理は料理だが、今回、噺は毛ほども関わりがないので、是非とも、聞き届けてください」

箸を置いた五平は頭《こうべ》を垂れた。

「まあ、話してみてください」

「長い話になりますが――」

「かまいません」

「わたしは、この間、殺された赤松亭千助師匠に、それはそれは可愛がって貰《もら》っていました。師匠とわたしのつきあいは、わたしが噺家を辞めた後も続いていたんです。わたしたちは、共にたいした食いしん坊だったからです。美味いと言われるところがあれば、たとえ、それが路地裏の夜鳴き蕎麦《そば》屋でも、川べりの天麩羅《てんぷら》の屋台でも、互いに評判を伝え合い、時には誘い合わせて行ったものです。これを踏まえて、わたしなりに、師匠の供養の会を催したいと思っているのです」

「供養膳となると、精進膳のご注文なのかしら？」

　おき玖の言葉に、

「師匠は精進ものはあんまり、好んでませんでしたんで——。何も法要をやろうってわけじゃなくて、ただ皆で師匠を偲《しの》ぼうと思ってるだけですから——」

　なぜか、五平は歯切れの悪い物言いになった。

「何が好物でした？」

　ずばりと季蔵は訊いた。

「それが高座でさんざん、尾上秋紫をやりこめるネタにしていた蛤なんですよ。蛤ほど好きなものはなかったんです」

　五平は目を伏せたまま告げた。

「秋紫さんが生き戻り、師匠を殺して恨みを晴らしたって話、ご存じでしょう。秋紫さんが流行らせた胡椒やきはまが、恨みの証に師匠の額に置かれてたっていうんですもの。今更、因縁の蛤料理なんかじゃ、供養になるとは思えないわ」

　おき玖は眉《まゆ》を上げた。

「実は師匠は胡椒やきはまが大好物だったんです」

　五平の放った言葉のあまりの思いがけなさに、

「どういうこと？」

　知らずとおき玖は詰問調になった。

「当時、噺と歌舞伎の両雄は、噺の赤松亭、役者の秋紫でして、寄席と芝居小屋は互いに

鎬《しのぎ》を削ってました。そこである時、赤松亭師匠が、〝このところ、俺も秋紫も、芸の伸び
が悪いせいか、寄席や芝居小屋の入りが、今ひとつよくない。人気が芸を伸ばすことだっ
てあるんだから、ここは一つ、噺家の真骨頂を発揮して、面白い仕掛けをしてみよう〟っ
て、思いついたのが、実は仲良しでわたし同様、食い物つながりの秋紫さんを、胡椒やき
はまにかこつけてけなすことだったんです」

四

「もしかして、お二人ははまぐり処左助《どころさすけ》に通っていたのではありませんか？」
季蔵に訊かれた五平は、
「さすが、あなたも料理人だ」
目を瞠《みは》った。
蛤料理だけを供すはまぐり処左助の主は、蛤好きの年老いた漁師で、蛤が旬の時季だけ
に、葦簀《よしず》張りの店を開くのだと、豪助が話してくれたことがあった。
「蛤が好きで好きでたまらない客が、〝一枚貝の蛤は中秋の縁起物とされているんだから、
その頃にも店を開いてくれると有り難い〟と頼んだところ、〝べらぼうめ、蛤が肉厚で美
味いのは、卵を吐き出す前の春と決まってる。中秋にそんなに縁起を担ぐんなら、蛤の形
の団子でも拵《こしら》えて食ったらいいんだ〟と言って、主はきっぱりと断ったそうです。知る人
ぞ知る名物店主でしたが、今年、春を待たずに亡くなってしまったんです」

──なるほど、胡椒やきはまは、ここの主が思いついて試し、秋紫さんと師匠が嵌《はま》った挙げ句、人気取りに使ったのだな──

「秋紫さんは千助師匠の仕掛けを承知していたのでしょう?」

おき玖が念を押した。

「もちろんです」

「となると、示し合わせていた二人を不仲だったと思い込んでいるのは、何も知らないあたしたちだけってことで、秋紫さんが千助師匠を恨む道理はないわね。もちろん、殺すなんてこと、あり得ない」

「その通りですよ」

──となると、千助師匠を殺して、生き戻った秋紫さんの仕業に見せかけたのには、他の窺《うかが》いしれない魂胆あってのことだ──

「何だか、いつも瓦版や噂を信じているあたしたちって、馬鹿みたい」

おき玖はやや投げやりな物言いをした。

「それだけ、人気商売は気骨が折れるし、博打《ばくち》みたいな危うさと隣り合わせなんですよ」

五平は精一杯取りなした。

「ですから、どうか、重ねてお願いします。師匠だけじゃなく、秋紫さんの供養にもなる、これぞという蛤料理を是非──」

「お気持ちはよくわかりますが、なにぶん、旬の過ぎている蛤は痩《や》せていて、今すぐ、これという活《い》かし方が思いつきません」

季蔵は正直に応《こた》えた。

「神無月もあと何日もありません。供養の宴《うたげ》は霜月に入ってすぐ、催したいので、月末まで待たせていただきます。それが過ぎて、お返事がなければ潔く諦めます」

そう言い残して、五平は帰って行った。

「蛤料理か——」

呟いて思案顔の季蔵に、

「旬を過ぎた蛤がそんなに不味《まず》いとは、実は、おいら思ったことないよ」

居合わせた三吉《さんきち》が恐る恐る切り出した。

「中秋の月見には、長屋のおかみさんたちが集まって、わいわい言いながら、蛤鍋を突っついて酒をたらふく飲むんだけど、みんな美味い、美味いって蛤は取り合いだもの」

「おかみさんたちは、蛤鍋に箸を伸ばす時には、もう、ほろ酔いを過ぎてるはずだ」

「そりゃあ、そうだね。亭主たちもどこぞで月見をしてるはずだから、天下晴れて、堂々と酒が飲める夜が中秋だから——」

「酒は肴《さかな》に合わせて、ほどよい量を飲むようにしないと、肴の味はほとんどわからなくなる。酒一辺倒の田端様が肴を召し上がらないのも、どんな料理もたいして美味く感じないとわかっておいでだからだ」

「ということは、出来上がりかけてるおかみさんたちは、蛤鍋の味などわかっていないってことね。痩せてる蛤に旨味が薄いことも――」

「蛤鍋は汁に蛤の旨味が出ちまって、身は締まって固いだけだから、なおさらだよ。蛤の吸い物や味噌汁も同じだ」

おき玖と三吉はなるほどと頷いた。

「ですから、今時分の蛤鍋は美味しくない」

季蔵はきっぱりと言い切った。

「そうは言っても、焼きはまはもっと、はっきり、持ち味の悪さが出てしまうわ」

「それじゃ、これぞといえる蛤料理なんて、できやしないじゃないか」

二人が顔を見合わせて案じると、

「少し考えてみます」

応えた季蔵は、翌日、籠《かご》一杯の蛤を手にして入ってくると、

「さあ、これから、はまぐり処左助さんの向こうを張って、塩梅屋ならではの秋はまぐり料理を作るぞ。ぼやぼやしてないで、手伝ってくれ」

三吉に蛤の塩出しを命じると、

「こんな料理を作ってみるつもりです」

とおき玖に告げて、紙に以下のように書き記した。

胡椒やきはま

葱味噌《ねぎみそ》やきはま
蛤の菜種油漬け
蛤の天麩羅
蛤の天麩羅むすび
蛤の磯辺《いそべ》揚《あ》げ

「へえ、澄まし汁や鍋は外したのに、やきはまは入れてるのね」

おき玖が首をかしげると、

「これについては、一工夫してみたんです」

こうして季蔵は秋はまぐりの料理に取りかかった。

まずは七輪に火を熾《おこ》し、秋物にしては大きめな蛤を選ぶ。

「春なら、大きいのがごろごろしてんのにな」

ため息をつきながら、三吉は小さな蛤が多い籠の中を漁《あさ》った。

その間に季蔵は葱味噌と胡椒を作り上げる。

まずは長ネギの青い部分を細かく刻み始める。

「葱味噌ならではの出番だわね」

長ネギの青い部分は、上方《かみがた》では当たり前のように食されるが、江戸では、あまり好まれず、塵芥《ごみ》となることが多かった。

これを胡麻《ごま》油を熱した鉄鍋でよく炒《いた》め、味噌、砂糖、味醂、醬油、酒を加えてよく混ぜ合わせると、飯がいくらでも進む葱味噌が出来上がるのだが、

「まあ、うちはうちらしく」

季蔵は醬油の半量を梅風味の煎り酒に置き換えた。

「蛤に限らず、貝には煎り酒が合いますから、この方が蛤ならではの旨味が引き出せると思います」

「後は胡椒ね。胡椒、どこにあったかしら？」

おき玖が胡椒粉の入った小筒を探そうとすると、

「このところ、寒くなってきて、手に入りづらくなってきた青唐辛子を、良効堂《りょうこうどう》さんのところでいただいてきました」

佐右衛門《さえもん》が店主である良効堂は、何代も続いている、名だたる薬種問屋である。良効堂では、医食同源を提唱した初代の遺志により、店の隣りに造られている、広大な薬草園、薬園が絶やさずに続けられてきていた。

この良効堂とのつきあいをも、季蔵は先代長次郎から受け継いでいる。

襖《ふすま》で仕切って温度調節のできる場所まであるここの薬園には、時季外れゆえ、市中で見かけなくなった青物があったり、また、薬草園では、ウコンやクコの実等、薬膳《やくぜん》料理に欠かせない薬草を見つけることができた。

「あたしに手伝えることがあったら——」

「そこにある青柚子《ゆず》の皮を下ろしてください。なるべく、目の細かなおろし金でお願いします」

「ところで、これも良効堂さん？」

「ええ、おかげで助かりました。ぎりぎりで幾つか残っていました」

青柚子の旬は夏場から秋口までで、それ以降に出回るのは黄柚子である。

おき玖は無心に青柚子の皮を下ろしている。

「胡椒は胡椒でも、柚子胡椒だったのね。今時分らしく、いい匂いだわ」

その間に季蔵は、縦割りにして種を取り除いた青唐辛子を、これ以上はないと思われるほど、細かなみじん切りにして、下ろした青柚子とすり鉢で合わせた。

「そこからはおいらがやるよ。任せといて」

三吉が擂《す》り粉木《こぎ》を手にした。

七輪にはすでに赤く火が熾きている。

「ちょっと待て《む》」

季蔵は皮が剝けている青柚子の実を、加減しながら搾って、四、五滴、すり鉢に加えた。

「こうしないと、しっとり、滑らかな仕上がりにならない」

季蔵は三吉が柚子胡椒を仕上げる間に、丸網を掛けた七輪の上で蛤を焼いた。

貝の蓋《ふた》が開いて皿に取り、葱味噌、柚子胡椒各々《おのおの》を試したおき玖は、

「どっちも薬味の味や香りが先に来て、その後で、じわじわと蛤の風味が口の中いっぱい

に広がる。塩梅屋のこのやきはまは、素材に頼った塩やきはまと違って単調じゃない。強烈にして、奥ゆかしい味だわ」

一方、やきはまに柚子胡椒を盛りすぎた三吉は、がぶがぶと水を飲んだ。

「三吉ちゃんには大人の味すぎたのかもしれないわね。甘い葱味噌味の方が美味しかったでしょう？」

おき玖がふっと笑うと、

「おいら、どうしても、試したいことがあるんだけどな」

辛さで潤んだ三吉の目が季蔵にすがった。

五

「いいぞ、やってみろ」

季蔵が促すと、三吉は小皿に取った葱味噌の上に、針の先ほどの柚子胡椒を載せて混ぜ合わせ、ぺろりと舐《な》めた。

「これならおいらでもいける」

「どれどれ」

「あら、考えもつかなかった相性ね」

三吉に倣《なら》った季蔵とおき玖は、

「悪くないわよ、これ、ほどよい辛さで。根っからの柚子胡椒好きには物足りないでしょうけど、世の中には口が火を吹くほどの辛いものは苦手でも、ちょっぴり味わってはみたいって人、案外いるもんだもの」

「よし、五平さんに届ける、秋蛤料理の品書きに、ぴり辛葱味噌やきはまと書き加えることにしよう」

それぞれ、大きく頷いて、三吉に温かい目を向けた。

この後、季蔵は菜種油の入った小さな瓶に剝き身にした、中くらいの大きさの蛤を漬けて、しばらく置いた。

「どれくらい漬け込むの？」

「今日のところは、採れたての蛤なので、半刻（約一時間）ばかりで、瓶から上げ、山葵醤油で刺身代わりにしてみるつもりです。明日になったら、さっと焼いて、ぽん酢を振って食べてもよさそうです」

「それじゃ、その間に天麩羅や磯辺揚げね」

天麩羅や磯辺揚げには残った小粒の蛤の剝き身が使われる。

磯辺揚げ用の蛤の剝き身は、三吉が目を凝らして、小粒の中でも多少大きめを選び分けて、たっぷりの醤油と酒を振りかけておく。

天麩羅は剝き身に小麦粉をまぶしてから軽く叩き、卵水で溶いた小麦粉の衣にさっと潜《くぐ》らせて、菜種油で揚げていく。

「胡麻油は使わないの？」

「胡麻の香りが蛤の風味を消してしまいます」

天麩羅の後は磯辺揚げで、味つけをした剝き身を、くるりと海苔《のり》でくるんで、海苔が揚がる音と匂いを楽しみつつ、一、二、三とせいぜい五まで数えて油から引き上げる。

すでに飯炊き名人のおき玖が仕掛けて、釜からほかほかと、飯の炊けるいい匂いが流れてきている。

「締めは蛤の天麩羅むすびね」

おき玖は張り切って、しばし蒸らした炊きたての飯に、蛤の天麩羅を芯にして握り飯にしようとして、

「これ、磯辺揚げと違って味がついてないわよ。けど、どっぷりとお醬油なんてかけたら、握り飯が茶色くなっちゃうわ」

困惑顔になった。

「はま天は塩で召し上がっていただくつもりです」

季蔵が微笑むと、

「よかった」

おき玖は芯にするはま天にぱらぱらと塩を振って、手早く、釜の飯を残らずはま天むすびに握った。

さていよいよ、試食である。

「料理競べみたいに、どれが一番か、それぞれが決めましょうよ」

おき玖が言い出して、

「ああ、どれも美味そうだ」

三吉の腹からぐうと音が洩れて、ぐうぐうと鳴り続き、

「こんなんじゃ、どれも一番になっちゃう。おいら、一番だけっていうのは、決められないな。三番まで順位をつけるってことにしてくださいよ」

「いいわよ、それも面白い」

こうして、二人は菜種油から引き上げた油漬けの変わり刺身を含む、季蔵が作り上げた秋蛤料理を堪能《たんのう》した。

はま天むすびの何個目かを頬張っている三吉を尻目に、

「まずは三番目から。菜種油漬け。旬の時と比べて、肉薄で旨味が薄くなっている蛤の身を油が補ってて、肉厚の歯応えや風味を楽しむ、旬の蛤料理とはまた違った美味しさよ。二番目は磯辺揚げ。下味と海苔、油との相性がたまらないわ。そして一番は胡椒やきはま。秋紫流の胡椒でなく、柚子胡椒を使う意外さ、面白さ、あの世で秋紫さんと千助師匠、涎《よだれ》を垂らしてるかもしれないわ」

おき玖は再び、いたく気に入った様子の菜種油漬けにそっと箸を伸ばした。

「おいら、はま天むすびを十個は食ったぜ」

三吉はぱんぱんに膨れた腹を撫《な》で、ふうと大きく息をついて、

「三番までなんて言ったけど、二番まででいいや。一番は、大好きな銀シャリと天麩羅が

一緒に食える、はま天むすびに決まってる。言っとくけど、これ、蛤じゃなきゃ駄目だよ。野菜の揚げたのなんかじゃ、がさがさしてるし、蛤が蜆《しじみ》や浅蜊《あさり》でも今一つ、味に得も言われぬ、清い旨味がねえ。海老《えび》天や穴子天なんてのはいいかもしんねえけど、生臭い魚天はもってのほかだ。二番はお嬢さんと同じ磯辺揚げだよ。酒飲みにはたまらない肴になるんだろうけど、おいらなら、はま天むすびの芯にしたいな」

満ち足りた顔でにっこり笑い、

「よし、おいら、一っ走りしてくるから、長崎屋さんへの使いは頼まなくていいよ。蛤の天麩羅や握り飯を、はま天、はま天むすびって呼ぶのはいい語呂だよ。それも長崎屋さんに伝えといていいよね」

試作料理の重箱に、書き加えた秋蛤料理の品書きを添えて、五平の元に届けることを買って出た。

神棚に向かって、

「神様、どうか、おいらが帰ってくるまで、ここにあるはま天むすびをお守りください」

神妙な顔で手を合わせると、

「それじゃ、行ってきまあす」

勢いよく戸口から走り出て行った。

それから半刻ほどすぎて、北町奉行烏谷　椋十郎《りょうじゅうろう》が、何の前触れもなく訪れた。

先に文を寄越し、暮れ六ツの鐘の音とともに戸口に現れる烏谷らしからぬ、唐突な立ち寄りであった。

「よかった、間に合ったか」

季蔵をちらっと見たその目は、真剣そのものであったが、すぐに、残っている秋蛤料理を見回して、

「これはよいところに来たようだ」

長い舌の先で唇を舐めた。

「今すぐ、お茶を。いえ、お酒の方がよろしいでしょうか」

あわてるおき玖に、

「このところ、疲れが溜まっておってな、気がついてみたら、ふらふらと足がここへ向いていたというわけだ。それにしても、我ながら、いい鼻だ。塩梅屋の昼日中にこれほどの馳走があったとは――」

甘える口調で訴え、

「こんなところでよろしかったら、どうか、ご存分にお休みください」

おき玖は離れの方がいいのではないかと、季蔵に目で合図した。

「長次郎にも挨拶《あいさつ》がしたくなった。今日は酒と馳走を食べて、夕刻まで、しばし、お役目を忘れるとするか」

「ご案内いたします」

季蔵は先に立って歩き始めた。

「御料理とお酒、あたしが運びましょうか?」

客の訪れない昼間とあって、おき玖は手伝おうとしたが、

「大丈夫、わたしがいたします」

季蔵は表情が強《こわ》ばるのを意識しつつ、まだ熱さの残っている七輪を離れに運んだ。

——隠れ者であることだけは、決して誰にも、お嬢さんには、特に知られてはならない

離れでいつものように、長次郎の仏壇に手を合わせた烏谷は、美味い、美味いと連発して、三種のやきはまと変わり刺身、はま天や磯辺揚げ、はま天むすびをむしゃむしゃと平らげていく。

「この天麩羅を芯にしたむすびだが、時が経《た》ったものは、醤油でこんがりと焼いても、また、格別に美味かろう。そうそう、旬の頃なら、蛤の出汁は極上だ。ならば、蛤の澄まし汁をこれにかけて、とびきりの茶漬けにしてもよさそうだ」

食べ終えて、ゆっくりと盃を傾けながら、食通ならではのうがった感想を洩らした烏谷に、

「何のご用でございましょうか?」

季蔵の声がやや尖《とが》った。

「そちを止めにまいっただけのこと」

季蔵に向けていた烏谷の大きな目がぐるりぐるりと回った。

「昼間の酒はよく効くのう」

――相変わらず、煮ても焼いても食えぬ御仁だ――

烏谷の真意をはかりかねていると、

「橘屋の主万寿とは古くからの知り合いだ。あの年齢だというのに、色気たっぷりで気味の悪い婆さんだが、したたかな世渡りには長じている。そちが訪ねてきたと万寿から聞いた。藤代に惚れていた男と触れ込んだそうだな――」

相手は、にやりと笑って、

「色恋に通じたあの婆さんを騙《だま》すには、ちと早かったようだな。万寿はすぐ、わしのところへ、こんな奴が訪ねてきたと報せて来た。風体、物腰を聞いて、すぐそちだとわかった」

六

「女将に悟られたのは不覚でした」

季蔵はうなだれた。

「なに、そう多く恥じることはない。万寿はそちと対している時は、殺された女への想いを断ち切れずにいる、真《まこと》のある男だと信じ込んだゆえに、つい、有吉屋の名を口にしたそうだ。去ってから、今も言葉のはしばしに残っているそちの武家調に気づき、神隠しにあって、せっかく生き戻ったというのに殺された、石原屋の娘藤代も武家風の物言いや立ち居振る舞いが、身についていたことを思い出したのだそうだ。そちと藤代が、その昔、言い交わした仲だったとしたら、思い余ったそちが、有吉屋相手に何をするかわからない、そう万寿は懸念したのだ。うっかり、そちに有吉屋の名を洩らしたことを後悔していた。あの普段はがめつい一方の婆さんは、この手の情話に弱い」

「女将は有吉屋について、何か知っていたのですか？」

「有吉屋は表向き、人足《にんそく》を主とした口入屋だが、表の商いだけで、あれほど富を貯え、店を大きくすることはできない。裏で相当、きわどいこともやっているはずだと、わしは前々から、有吉屋の動向を見張っているようにと、万寿に申し渡してあった。有吉屋絡みで何か変わったことがあったら、たとえ、どんなに些末なことであっても、伝えるようにと——」

「有吉屋は橘屋の馴染み客なのですね」

「そうだ。もっとも、橘屋での有吉屋は、離れを客間代わりに使うだけの、静かな客で通っている。その有吉屋が、突然、あの藤代を仲居に雇ってほしいと言って連れてきた。万寿は一目見て美形の藤代を気に入ったので、この手の女をあと何人か、見つけてきてくれと頼んでみたのだそうだ。万寿は有吉屋にはこの手の太い伝手《つて》があると思ったのだ。ところが、〝これは特別なのだ〟と見事に有吉屋に突っぱねられ、伝手を摑み損ねた腹いせも手伝って、万寿はこの一件を、わしに伝えてきていた」

「お奉行は藤代さんが、生まれた家の前に立って、その後、生き戻りと騒がれるずっと前から、藤代さんを知っておいでだったのですね」

「ただし、橘屋では富士代《ふじよ》と名乗っていたし、わしも心に留め置いただけで、すぐに会ってみようとは思わなかった。その富士代が、生き戻り石原屋藤代となってからは、この件に有吉屋が関わっていると確信していた。今でもそれは変わらない。有吉屋では、藤代のことを嗅《か》ぎ回るそちを、邪魔者と見なすはずだ。そちを有吉屋に行かせるのは、死地に赴かせることになりかねない。有吉屋が大勢抱えている、用心棒に斬り殺されでもしたら、まさに犬死だ。わしは何としても、止めねばならぬと思った。本当に間に合ってよかった」

烏谷は無邪気な子どものように、思い切り顔を綻ばせた。だが、その目は笑っていない。鋭く細い光を宿している。

「この市中で、御定法に反する生業すべてがお咎めを受けているわけではございません。沢山のお目こぼしがございます。表向きは料理茶屋と偽って、美形の女たちを揃える私娼《ししょう》窟《くつ》の橘屋もその一つです。この手には寛容なお奉行が、なにゆえ、有吉屋に限って、その裏稼業を許し難く思い続けていたのですか?」

季蔵はしかと烏谷の目を見た。

「死人作りを覚えておろう」

もう一度、今とは別の生き方をしたい者の願いを叶えるべく、死を偽装する稼業が死人作りであった。

「あの時の下手人の町医者中谷理斉《なかたにりさい》は、法眼《ほうげん》の地位を得るために金がいくらでも必要で、死人作りで荒稼ぎをしていました」

季蔵は理斉の家を訪ねた折、客間から聞こえてきた話し声を聞いていた。

理斉が賄賂《わいろ》を渡して、是非、自分を法眼に推してくれと、熱心に掻《か》き口説《くど》いていたのは、市中の医薬に関わる生業を束ねる典薬頭《てんやくのかみ》であった。

「理斉は死んで、もうこの世にいないが、その理斉もまた、有吉屋と示し合わせて、橘屋の離れを訪れることがあったのだとしたら、これは何とする？」

烏谷の言葉に季蔵は一瞬、息が止まりかけた。

「理斉の裏には有吉屋がいて、有吉屋は生き戻りだけではなく、死人作りにも関わっていたのですね」

「そうだ」

「そして、理斉が死んでもなお、有吉屋が橘屋の離れを使い続けるのは、仲間がいるからです。おそらく、理斉などよりもずっと大物のはずです」

言い切った季蔵に烏谷は大きく頷いて、

「わしが焙《あぶ》り出したいのもそ奴だ。理斉が死んで、そ奴も後ろにでんと控えているだけでは、ことが進まなくなったのだろう。そうすぐには、理斉の代わりは見つからない。それで、自ら、しゃしゃり出てきている。今回の尾上秋紫生き戻りの裏には、きっと、大きな企《たくら》みが仕組まれている。許し難いことに、あの可哀想《かわいそう》な藤代を自在に動かせる駒にしてなかっと大きな目に憤怒を滾《たぎ》らせた。

「──」

「何としても、極悪非道の大黒幕が誰かを突き止めねばなりません」

季蔵は知らずと膝に置いた両手の拳《こぶし》を握りしめていた。

「明日の夕刻、有吉屋は橘屋の離れを使う。報せてきた万寿に急いで、天井裏の掃除をさせた」

そこで烏谷はにこっと笑って、

「そちは忍びではないが、わしほど目方はなかろう」

「わかりました」

烏谷は季蔵に天井裏に潜めと命じていた。

烏谷を見送って店に戻ると、

「それにしても、お嬢さんは人が悪いや」

三吉がおき玖と一緒に後片付けをしていた。

「おいらがお守りくださいって神様にお願いした、はま天むすび、全部、お奉行様の大きなお腹《なか》におさまっちまっただなんて、嘘を言うんだもの」

「ちょいとからかってみたくなっただけよ。それに、おとっつぁんやおっかさんに、たまには、美味しいものを食べさせてあげても罰《ばち》は当たらないはずよ」

おき玖は、残しておいたはま天むすびを竹皮に包んでいる。

「そうだよね。とにかく、大切な相手に、美味しいものを、食べさせてやりたいって気持ちが大事なんだよね。その気持ちが籠もってる料理が一番、美味しいんだって――」

三吉は季蔵の方を見た。

「その通りだ。ところで、お嬢さん、明晩、お奉行様のお供で出かけなくてはならなくなりました。店を空けてもよろしいですか」

「お奉行様のお誘いとあったら、お供しないわけにはいかないわね」

「何でも、大根料理のたいそう美味しい店をご存じだそうです」

「寒くなるこれからは大根が美味しくなるもの、是非、一つ二つ、これぞという味を覚えてきて、まずはあたしに食べさせてちょうだい」

「おいらにも」

「もちろん」

季蔵は微笑むと、

「今から楽しみよ」

おき玖もえくぼを頬に刻んだ。

「お奉行様とは神田多町の市場で待ち合わせているのです。紀州蜜柑《みかん》の初荷がお目当てのようです」

翌日、八ツ時を過ぎた頃、季蔵はそう言い置いて塩梅屋を出た。

常と変わらぬ形《なり》だが、草履だけは磨り減ってきている、古い物に履き替えている。

神田多町の市場とは全く反対方向の橘屋のある本芝へと向かった。

烏谷の指示で裏木戸へ回ると、仲居の一人ではなく、万寿が立って待っていた。

「あたしは、大事なことは人任せにしないんですよ」

万寿は挨拶もせずにそう洩らすと、

「こちらへ」

庭を横切って離れの見える場所に立った。

それからは無言で、縁先から離れの廊下に上がる。

「あんたはそのままで」

季蔵は草履を履いたまま、万寿が指差した先にある、離れの天井裏へと続く梯子《はしご》へと歩いた。

意外な身軽さでするすると梯子を上っていく。

「目につく廊下の梯子は外してしまいますよ。帰りはあたしが声をかけます——」

後ろから万寿の声が聞こえた。

こうして、季蔵は有吉屋たちが立ち去るまで、天井裏に潜み続けることとなった。

七

天井裏は昼間でも薄暗がりである。

――声は聞こえても、羽目板を動かさなくては、座敷の様子が見えない――

季蔵は羽目板一枚一枚を探った。

――お奉行はここを掃除をさせたという――

ほかは手をかけて引いてもびくともしなかったが、中ほどの一枚だけがすっと動いて、見下ろすと、向かい合って置かれている座布団が二枚見えた。天井の羽目板に細工が施されている。

庭から鹿威《ししおど》しの音だけが聞こえ続けた。

どれだけ時が過ぎただろうか。

天井裏はすでに真の闇である。

障子の開く音に続いて、

「それではごゆっくり」

万寿の低い声と、入ってくる者の畳にすれる足袋《たび》の音がした。

「いつものようにかまわず、人は誰も近づけないように」

男にしてはやや高めの声が響いた。

「万事承知しておりますよ、有吉屋さん」

障子が閉められる音がして、ここで万寿の声は消えた。

――まずは話を聞かねば――

季蔵はまだ羽目板を引いていない。

「ここほど、料理の不味いところはないな」

別の声は不機嫌な口調で、

「わしの大事の一つは口福《こうふく》だ。犬猫とて、その残飯に、見向きもしないような料理屋ほど好かぬものはない」

と続けた。

――有吉屋の相手は食通の侍だ――

二人の男たちの話し声が明瞭《めいりょう》に聞こえてくる。

「御前様は日頃から、たいそう、口が肥えていらっしゃいますから、さぞかし、ご不満でしょうが、ここほど安心できる場所はほかにございません。どうか、しばしの間、ご辛抱くださいませ」

有吉屋は如才なく機嫌を取ったが、その声は相手の我《わ》が儘《まま》ぶりに苛立《いらだ》っている。

それでも気を取りなおしたのか、

「ここでは燗《かん》も付けてはもらわぬことにしておりますので、冷やで飲める、極めつけの新酒を持参いたしました。ほんのお口汚しですが、どうぞ」

「このまま飲めというのか？」

――有吉屋が持参したのはおそらく、徳利酒。これを口飲みするのを躊躇《ため》うのは、よほどの育ちと身分に違いない――

「念には念を入れて、盃も取り寄せぬことにしておりまして」

「案じるは我らが身の安全か。まあ、壁に耳あり、障子に目ありだ」

「左様でございます」

しばらく無言が続いて、

「この酒は美味い」

「それはそれはようございました。まだ酒はございます」

そして、また、無言の後、

「盃に死人作りありだな。一時、深く眠って息を無くしたように見える、あの町医者が煎《せん》じる薬は便利であった」

「やっと、そろそろ、多少なりとも、お酔いになっていただけました。ご機嫌をお直しいただけて安堵《あんど》いたしました」

「わしが酔わぬと、そちは話ができぬのか」

「素面《しらふ》の御前様は恐れ多くて、わたくしどものような下郎では、気後れするばかりでございます」

如何《いか》にもの物言いとは裏腹に、有吉屋のその声は横柄だった。

——有吉屋はこの相手とつきあうツボを心得ている——

「そう、へりくだることもなかろう」

「いいえ、いいえ、いくらへりくだっても足らぬほど、御前様にはお世話をいただきました。ただただ感謝です」

その声もどこか、白々しい。

「たしかに、町医者中谷理斉があのような不始末をしでかした時は、この先、いったい、どうしたものかと思案した」

「わたくしとて、どうなるのかと不安でなりませんでした。あの頃は、いつ、お役人が縄を打ちにくるのかと、日々、ひやひやしておりました。御前様にご造作いただかなければ、今頃、わたくしはこの世にはおられなかったはずです」

「まあ、わしの身分をもってすれば、町奉行の一人や二人、黙らせることはできる」

聞いていた季蔵は思わず、あっと声を上げそうになった。

──お奉行は理斉の死人作りが発覚した時に、黒幕がいるとわかっていたものの、上からの力に負けて見逃していたのだ。思えば、これほど橘屋の女将と懇意であるお奉行が、この件について、何も気づいていないはずはない──

「頼もしい限りでございます」

突然、有吉屋の声が華やいだ。

取り繕《つくろ》って並べ立てていた世辞の時とは、がらりと違って、本心から嬉々《きき》としている。

「わたくしは今まで、お侍様とは額に汗して働くわけでも、夜っぴいて算盤《そろばん》を弾《はじ》き続けて銭を稼ぐでもない、口だけで偉そうなことばかり言い通している、刀をぶらさげた木偶《でく》の坊だと思っておりました。ところが、御前様は上に働きかけて、奉行所の追及を制しただけではなく、自ら、裏稼業の実践に乗りだし、生き戻りの計画を率先なさった。この有吉屋仁左衛門《にざえもん》、これほど驚き、また、胸の震えるほど感激したことはございません」

「町医者理斉亡き後、以前の稼ぎが得られなくなるとあっては、何か、対策をこうじるほかはなかろう」

「しかし、まあ、御前様の頭の冴《さ》え渡ることといったら——。店が傾きかけた骨董屋《こっとう》松本《まつもと》堂《どう》に、大興稲荷《いなり》に望みを叶えてくれと、頼ませたのが皮切りでしたが——」

「骨董屋の松本堂には、さる旗本屋敷の中間《ちゆうげん》部屋で出遭った時、大興稲荷の望み叶えの話を耳に入れてやった。青い顔で商いが左前となり、倉田家のお宝探しの話ばかりしていたので、これは飛びつくと踏んだが、その通りになった。人の心を操るのはなかなか楽しい」

「御前様としては、小手調べだったのですね」

「その通りだ。松本堂からは、刀一本分ほどの金をせしめればそれでいいと思っていた。だが、宝探しに熱心になっていた松本堂は、長屋の婆さんの被布が欲しいなどと、大興稲荷に願ってきて、めんどうなことになったが、ふと思いついて養女の富士代を使うことにした。富士代に、死んだ娘に化けさせて連れ出し、被布を交換させたのだ。これは富士代にとっても、よい小手調べになった。邪魔な権八を始末する前に、そこそこよく使うこともできた」

「権八の話は後にして、次はいよいよ、生き戻り石原屋藤代の幕開きですね」

　有吉屋はわくわくした口調で、

相手の声も弾んでいる。

——悪党どもにとっては、人をいたぶり、傷つける悪事が、ここまで面白可笑《おか》しいとは——

「そうだ、そうだ」

季蔵は怒りで全身が熱くなった。

「橘屋に石原屋の次男坊文吾が通っていると知って、富士代様を奉公させ、富士代様を通して生き戻りの話を持ちかけた。富士代様に夢中の文吾は、持っていたと、皆が思い込んでいる守り袋をどこぞで探してきた。十五年も前に、たった一日だけ持っていた守り袋の柄なんぞ、正確に覚えている者なぞいるもんかと、言って。その上、二つ返事で先代の好物を書いた日記を富士代様に渡した。味を覚えていて作れるのだから、本物だという証にしようとした。万事、順調に運んでいたというのに、土壇場で金の仏像を逃したのは残念でしたね。いずれ御前様は、好物を覚えていたことを証にして、また、どなたかと掛け合い、石原屋理兵衛に富士代を藤代と認めさせるおつもりでしたのに。とはいえ、御前様のなさり様は正しかったと思います」

「まさか、商い一筋できた主の理兵衛が、あれほど情に厚く、妹想いだったとはな。あの晩、理兵衛が富士代を訪れて、妹だと認める、と言わなければ、もうしばらく、あの女も永らえていただろう」

「おや、もうしばらくとおっしゃいましたね。いつかは、あのように始末なさるおつもりだったんですか？」

　有吉屋は驚いた風もなく言った。

「富士代が金の仏像を譲り受けたら、すぐに、奪って、多少なりとも、事情を知る文吾ともども、口封じするつもりであった。少し、時が早まっただけだ。折よく、あいつが富士代の長屋にやってきたんだ。懐に匕首を呑んでな」

「数え七歳の時からわが娘同様に育てられたというのに、ずいぶんとまあ、酷い仕打ちで――」

　もとより、その口調は咎めだてなどしていない。

「十五年前、いつか、役に立てようと思い定めて、通りかかった菫《すみれ》畑から掠ったのだ。兄妹が、商家とわかる供の者に連れられてきていて、男の子の方でもよかったが、ぼんやりした様子で機敏さが感じられなかったので、可愛い女の子の方にした。もっとも、刀を突き付けて脅しても怯《ひる》まず、主の娘を渡すまいと必死だった奉公人を斬り殺した後、菫の茂みに隠しておき、後で近くの川原に運んで埋めるのは手間がかかったが――」

「女の子なら、後々、ねえ――」

　有吉屋は何とも気味の悪い笑い声を出した。

「ちと、下種《げす》が過ぎるぞ、有吉屋」

　相手も言葉とはうらはらに嬌声《きょうせい》である。

「わしの言うことは、どんなことでも絶対だと信じ込ませて育てたので、年頃になってからは、たっぷり、楽しませてもらっていた。死んでもらう時も、〝石原屋のご主人がおっしゃったことは間違いですよね。わたしが石原屋藤代だというのは、本当ではありませんよね。わたしの父上はあなただけですよね〟と富士代は念を押しただけで、少しも抗《あらが》わずにわしに首を絞めさせた」

八

――酷すぎる――

聞いていた季蔵は思わず羽目板を引き抜くか、ぶち破るかして、座敷に下り立ち、二人を叩きのめしたくなった。

だが、今、烏谷から命じられているのは、天井裏での偵察であって、成敗ではなかった。

――それにまだ、生き戻り尾上秋紫についての企みを聞いていない――

季蔵は必死に堪えて耳を澄ませた。

「そして、いよいよ、御前様の真骨頂、噺家赤松亭千助殺し、額の上の胡椒やきはま載せでございますね。まずは、小手調べの富士代様、長屋の婆さんの娘に化けるの話に戻らないと――。あの時、富士代様に命じて、ごろつきの権八を誘い、料理を運ばせた挙げ句、喜んで富士代様と睦《むつ》んでいる最中、始末させたのも御前様でした」

「どこで聞いて知ったのか、権八が大興稲荷に願い事をしてきたのが運の尽きだった」

「それを言うなら、権八が盗っ人の今際《いまわ》の際《きわ》に立ち会ったことでございますよ。そいつは三年前、蔵前の両替屋鶴田屋から、小判二千両と泉静雅《せんじょうが》が作った香炉の銘品を盗み出した後、掛かった追っ手の目を欺くために、咄嗟《とっさ》に墓掘り人夫に化け、尾上秋紫の棺桶《かんおけ》が大雲寺に着くと、その棺桶の中に香炉と二千両を隠した。その後、盗っ人は旅の途中、流行《はやり》病《やまい》で死んだが、たまたま知り合って、最期を看取《みと》った権八は礼代わりだと、その話を聞かされていた。ところが、いざ、権八が掘りだそうとして大雲寺へ行くと、相手は人気役者だった尾上秋紫とあって、墓参りが跡を絶たない。その上、墓には卒塔婆《そとば》が立っているだけではなく、贔屓客の誰かが、どーんと大きな墓石を乗せて、供養していて、とても掘り出すことなどできはしない。それで、何とかしてほしいと大興稲荷に願ってきたんでしたね」

「二千両よりもむしろ、鶴田屋が持っていたという、幕府御用茶碗師泉静雅の香炉に食指《しょくし》が動いた。ここだけの話だが、鶴田屋の先代が、どれほど金を積んで手に入れたのかは、知らぬが、鶴田屋の泉静雅は、将軍家が所蔵しているものより、格段に上の仕上がりだと聞いている。幻の銘品だ。今後、どれだけの価値になるか、おそらく、千両箱が幾箱も積まれることとだろう。これは是非とも、我が手に納めたい」

「わたくしどもには、是非とも二千両を」

すかさず有吉屋は言い、

「さて、これから、どうすれば、その極めつけのお宝に行き着けるんです？」

「瓦版のおかげで、わしはこれでも巷《ちまた》の噂にくわしい。まずは、生き戻り尾上秋紫がさらなる殺しで恨みを晴らすのだ。秋紫の兄貴分で、秋紫に人気が集中したばかりに主役を降ろされ、ことあるごとに秋紫の芸をけなしていたという、中村八之助、この者を斬り殺して、やはり、また、胡椒やきはまを置く」

「そうすれば、尾上秋紫は生き戻ったと、市中はますます大騒ぎになりますね」

「そこでわしが、上に掛け合って、秋紫の墓を暴《あば》いてはどうかと、奉行所に命じる」

「奉行所役人が墓を開ければ、骸と一緒に小判や天井知らずの値打ちの香炉が、すぐに見つかってしまいますが――」

「大丈夫だ。その時には、上と奉行所にたっぷり鼻薬《はなぐすり》を嗅がせておく。そして、口の固い墓掘り人夫をおまえの方で揃える。気がかりなら、その者たちはわしが始末する。始末もそこそこよい気晴らしになる」

黒幕はやや強い語調で言い放った。

「さすがでございますね」

有吉屋はひひっと喉の奥を鳴らして笑い、

「御前様がここまで周到なお方だったとは――。人夫の始末はよろしくお願いします」

と続けた。

「それから、富士代のような者をまた探したいと思っている。心がけてくれ」

「女の子でございますか？」

「幼すぎると、楽しみが遅くなりすぎる」

「ならば十歳ほどの娘ではいかがです？　これほどの年齢ならば、言い付けを守るよう厳しく仕込んで、二、三年待てばよろしいのでは？」

「そうだな、よろしく頼む」

「ただし、この次からは、どうか、くれぐれも、わたくしに報せずに始末はなさらぬように。あの富士代様のような美形、滅多におりません。せめて、一度なりとも――」

有吉屋の声にため息が混じった。

「されば、これからは、始末する前にそちに味見させよう」

「せいぜい、美形をお探ししますゆえ、きっとでございますよ」

「わかった。ところで酒が切れた。もう無いのか？」

「いつもの通り、ここいらでお開きにいたしましょう。お気に入りの新酒は樽《たる》で御屋敷に届いているはずです」

「気が利くことだ」

――立ち上がっては顔が見づらくなる――

季蔵はそっと羽目板を引いた。

有吉屋の後ろ姿と向かい合って座っている黒幕の顔が見えた。髷《まげ》に白いものがちらついている初老の男である。つるりとした長い顔が目に入った。

年齢よりも若く見え、目鼻立ちも整っている役者顔だが、

「それにしても美味い酒だった」

ぺろりと唇を舐めた舌は長く赤い蛇のようだった。目には何かに取り憑《つ》かれたかのような、妖《あや》しい光が満ちている。

――何としても成敗しなければ――

太く息を吐き出したその刹那《せつな》である。

「上に誰かいる」

天井裏の暗がりの中で、まず、鋭い刀の刃先が二度、三度と煌《きら》めいた。

刃先の攻撃は止まらない。

季蔵が潜んでいる場所近くの羽目板が、ぶすぶすと狂ったように突き刺されている。ひやりとして、季蔵は息を殺した。すでに引いた羽目板は元に戻してある。

「わたしには何も聞こえませんでした。いるとしたら、きっと、鼠《ねずみ》ですよ」

有吉屋は呆れた口調で、

「美味いとお褒めいただいた酒です。もっと気持ちよくお酔いになってください」

と宥《なだ》め続けたところへ、

「お帰りでございますね」

万寿の声が響いて、障子が開け放たれた。

しばらくして、

「お帰りになりました」

万寿は声を掛けてきた。

梯子を下りた季蔵は、夜の闇を物ともせずに、ひたすら南茅場《かやば》町へと走った。

「待ち兼ねていたぞ」

張り詰めていた烏谷の肩が一瞬、緩んだように見えた。

見聞きしたことの一部始終を話した季蔵は、

「死人作りの時、お奉行が追及の手を緩めなければ、ここまでの非道は行われなかったはずです」

怒気も露わに迫った。

「そちの見た白髪《しらが》混じりのにやけた男は、三栗隆之介《みつくりりゅうのすけ》ではないかと思う。こ奴は栄誉ある三栗家の嫡男に生まれながら、はなはだ素行が悪く、なぜか、次々に娶《めと》る妻も不思議な亡くなり方をして、とうとう廃嫡に追い込まれて分家させられた。長年に渡って、とかくの噂が絶えなかったが、なにぶん、武家屋敷へは踏み込むことができず、黒い噂だけが膨れあがっていた。三栗家といえば大名家にも匹敵する家柄ゆえ、上様や側用人《そばようにん》の聞こえもめでたく、御老中たちも見事に懐柔されていたのだ。ここまでの悪を野放しにしてきてしまった、己の力不足が無念じゃ」

声だけではなく、烏谷の握った両手の拳がぶるぶると震えた。

――お奉行とて悪党たちが憎いのだ――

「どうか、川原をお探しください。せめて、忠義を通した石原屋の手代由吉《よしきち》の供養をしてやりたいのです」

季蔵の言葉に烏谷は黙って頷いた。

松次の使いが塩梅屋を訪れて、大川の川原に来てほしいと言ってきたのは、それから二日後のことであった。

駆け付けると、そこには、すでに骨だけになった由吉の骸があった。

「〝この川原には仏が眠ってるはずだ、まずは、石の積まれている場所を掘り探せ〟とおっしゃって、お奉行様直々《じきじき》に指揮を取られたんだ。〝骸が出てきたら、すぐに塩梅屋に報せるように〟とも念を押されたんで、あんたにも、急ぎ、報せたってわけさ」

松次は探るような目を向けてきた。

「とっつぁんがこの川原でいなくなってしまった知り合いのことを、ずっと、気にしていましたので、お奉行様が思い出してくださったのかもしれません」

「なるほどね」

頷いた松次は、

「この仏さん、こんなもんを口に咥《くわ》えててね」

手にしていた泥みまれの印籠《いんろう》を渡してきた。

三つ葉竜胆《りんどう》の家紋は間違いなく三栗家を表している。

「胸の骨に刀傷があるから、斬り殺されたんだな。殺《や》ったのは三栗様のところに仕える侍で、酔った上での狼藉《ろうぜき》と見たが、下手人はこいつだとばかりに印籠を咥えて離さなかったのは、よほど口惜しかったからだろう」

ほどなく、烏谷が田端を従えて土手を下りてきた。

「田端から印籠の話は聞いている。ところで、腹が空《す》いた」

烏谷は季蔵をちらりと見て、帯のあたりを押さえた。

「腹が減っては戦はできぬ。まずは腹拵えだ」

季蔵は烏谷に促され、田端と松次に見送られて土手を歩き始めた。

「骸を見つけていただき、ありがとうございました。しかし、何故、骸を埋めた場所に石を積んだのでしょうか」

「むろん、三栗が骸を埋めた場所に石を積んだのは供養のためなどではない。己の悪事の手際の良さを顕示しているのだ。この手の悪党ならではの墓穴掘りだ」

季蔵はこれ以上ない怒りで身体が震えた。

「たしかにわしは口ほどでもない男だが、やると決めたことはやり通す。有吉屋はわしが何とかする。長崎屋五平が催す、赤松亭千助を悼む、秋蛤尽くし会に有吉屋を呼んだところだ。三栗が赤松亭を手に掛けたことを知っている有吉屋は、わしが声を掛ければ、後ろ暗いゆえに、必ずや、やってくるだろう。死に方が卒中に似ておれば、誰も怪しむまい。南蛮渡来の薬にはいいのがあるそうだ」

「三栗隆之介はこのわたしが」

――たとえ印籠が出ようと、お上は昔も今も、これほどの身分の者を裁くことなどできはしない――

「それでは頼もう」

この日、初めて烏谷の目が笑った。


五平の秋蛤尽くしの会当日、三吉と長崎屋に出張料理に出向いた季蔵は、

「後はおまえに任せよう」

ほかの料理の下拵えがすべて済んだところで、一品目の柚子胡椒やきはまだけを詰めた重箱を風呂敷に包んで、三栗隆之介が住む赤坂へと向かった。

「有吉屋さんからの使いの者が、まいったとおっしゃってください。たいそう美味しいやきはまを、お届けにまいったと伝えてくだされば、すぐにご承知いただけるはずです」

門番に告げると、

「殿様は茶室にてお待ちです」

茶室は屋敷の裏手にひっそりと造られていた。

――運が味方した――

「有吉屋さんからの使いの者でございます」

「よし、入れ」

間近に見る三栗は、天井裏からの時よりも、さらに、人品骨柄の卑しさを全身に滲ませていた。

見回したが、刀は置かれていない。

――さらなる運だ――

「秋だというに、たいそう美味いやきはまだそうだな」

三栗はにやりとした。

「はい、それはもう」

「美味いのは蛤の味だけではなかろうな」

「まずは、やきはまをお召し上がりいただき、後にこれをと」

季蔵は何も書かれていない封書を襟元から覗かせた。

「よかろう、面白い」

季蔵が重箱と用意してきた箸を差し出すと、蓋を開けた三栗は箸を取った。

「これは美味い。柚子はわかるが、青い色は馬鹿に辛い、辛いが美味い。何だこれは？」

三栗の箸が忙しく動いて、変わりやきはまを一つ、二つ、三つと口へ運んでいく。

「堪えられぬ味だ」

三栗の顔が重箱だけに向けられている。

「そうでございましょう」

季蔵は懐に手を伸ばした。

「何しろ、今頃はもう、なかなか手に入らない、青唐辛子でございますから――」

そう応えながら、匕首を握った右手に満身の力を込めると、相手の首筋めがけて斬りつけた。

夥《おびただ》しい血が飛び散り、うっと呻《うめ》いた三栗隆之介は、重箱の上に倒れ込んで絶命した。

翌日、五平から以下のような文が塩梅屋に届いた。

おかげで秋蛤尽くしの会は、赤松亭千助師匠と尾上秋紫さんへの、大変よい供養になりました。

なぜなら、あの柚子胡椒やきはまこそ、師匠と秋紫さんが望まれていた、秋の蛤料理の極め付けだったからです。

二人は寄ると触ると、秋にも、春に食べた胡椒やきはまと同じように美味しい、辛味のきいたやきはまを食べたいものだと、話していたそうですから、これはもう何よりです。

ご愁傷でしたのは、お奉行が呼ばれた有吉屋さんが、お奉行の隣席だったのですが、途中、加減を悪くされて、そのまま、お亡くなりになったことでした。

右、御礼まで。

長崎屋五平

塩梅屋季蔵様

これを読んだおき玖は、

「食通だったお二人が望んでいた秋やきはまとなると、これ、お客様にお出ししたら、結構な評判になるかもしれないわ」

嬉々として季蔵に提案したが、

「まあ、そのうちに――」

三栗隆之介もこれを好んだ上、柚子胡椒やきはまの詰まった重箱に、顔を突っ伏して息絶えたことを想うと、季蔵はすぐに品書きに加える気がしなかった。

――石原屋さんのはからいは救いになった――

烏谷は決して、口外せぬようにと固く口止めして、石原屋理兵衛にだけは、妹藤代の身に起きた悲惨な真実を話した。

身を以《もっ》て主家の娘を守ろうとして果てた由吉を憐《あわ》れんだ理兵衛は、その骸を石原屋の墓に手厚く弔ったのである。

救いはもう一つあった。

鈴虫長屋のおひさと孫娘のお小夜が、はぎなどの餅菓子を売る小さな店を構えたのである。

「お小夜ちゃんとこじゃ、長いこと、迷い猫の飼い主を探してて、昔、お祖母《ばあ》さんのおひささんが出向いて被布を売ろうとした先のご主人が、何と、白い猫の飼い主だったろう？天松堂《てんしょうどう》さんは、猫だけじゃなく、奉公人に言い付けて、おひささんの長屋はぎを買わせるほど餅菓子が好きだったんだって。だから、これは浅からぬ縁だってことになって、お大尽の天松堂さんは、お小夜ちゃんとお祖母さんに店を出させてくれたんだよ。おいら、楽しみでなんねえんだ。餅菓子は大好きだし、これでもう、お小夜ちゃんにいつでも会える――」

「あら、お小夜ちゃんにほの字？」

おき玖にからかわれて、三吉は真っ赤になった。

〈参考文献〉

『江戸の料理と食生活』　原田信男編（小学館）

本書は、時代小説文庫（ハルキ文庫）の書き下ろし作品です。

時代小説文庫
わ 1-18

秋《あき》はまぐり 料理《りょうり》人《にん》季蔵《としぞう》捕物控《とりものひかえ》

著者 和《わ》田《だ》はつ子《こ》

2012年9月18日第一刷発行

発行者 角川春樹

発行所 株式会社 角川春樹事務所
〒102-0074 東京都千代田区九段南2-1-30 イタリア文化会館

電話 03(3263)5247[編集] 03(3263)5881[営業]

印刷・製本 中央精版印刷株式会社

フォーマット・デザイン＆シンボルマーク 芦澤泰偉

ISBN978-4-7584-3687-8 C0193
http://www.kadokawaharuki.co.jp/[営業]
fanmail@kadokawaharuki.co.jp[編集] ご意見・ご感想をお寄せください。

時代小説文庫

和田はつ子

雛の鮨　料理人季蔵捕物控

書き下ろし

日本橋にある料理屋「塩梅屋」の使用人・季蔵《としぞう》が、手に持つ刀を包丁に替えてから五年が過ぎた。料理人としての腕も上がってきたそんなある日、主人の長次郎が大川端に浮かんだ。奉行所は自殺ですまそうとするが、それに納得しない季蔵と長次郎の娘・おき玖は、下手人を上げる決意をするが……（「雛の鮨」）。主人の秘密が明らかにされる表題作他、江戸の四季を舞台に季蔵がさまざまな事件に立ち向かう全四篇。粋でいなせな捕物帖シリーズ、第一弾！

和田はつ子

悲桜餅《ひざくらもち》　料理人季蔵捕物控

書き下ろし

義理と人情が息づく日本橋・塩梅屋の二代目季蔵は、元武士だが、いまや料理の腕も上達し、季節ごとに、常連客たちの舌を楽しませている。が、そんな季蔵には大きな悩みがあった。命の恩人である先代の裏稼業〝隠れ者〟の仕事を正式に継ぐべきかどうか、だ。だがそんな折、季蔵の元許嫁・瑠璃が養生先で命を狙われる……。料理人季蔵が、様々な事件に立ち向かう、書き下ろしシリーズ第二弾、ますます絶好調！

時代小説文庫

和田はつ子
あおば鰹《がつお》
料理人季蔵捕物控

書き下ろし

初鰹《はつがつお》で賑わっている日本橋・塩梅屋に、頭巾を被った上品な老爺がやってきた。先代に〝医者殺し〟(鰹のあら炊き)を食べさせてもらったと言う。常連さんとも顔馴染みになったある日、老爺が首を絞められて殺された。犯人は捕まったが、どうやら裏で糸をひいている者がいるらしい。季蔵は、先代から継いだ裏稼業〝隠れ者〟としての務めを果たそうとするが……(「あおば鰹」)。義理と人情の捕物帖シリーズ第三弾、ますます絶好調。

和田はつ子
お宝食積《くいつみ》
料理人季蔵捕物控

書き下ろし

日本橋にある一膳飯屋〝塩梅屋〟では、季蔵とおき玖が、お正月の飾り物である食積の準備に余念がなかった。食積は、あられの他、海の幸山の幸に、柏や裏白の葉を添えるのだ。そんなある日、季蔵を兄と慕う豪助から「近所に住む船宿の主人を殺した犯人を捕まえたい」と相談される。一方、塩梅屋の食積に添えた裏白の葉の間に、ご禁制の貝玉(真珠)が見つかった。一体誰が何の目的で、隠したのか!?　義理と人情の人気捕物帖シリーズ、第四弾。

時代小説文庫

和田はつ子
旅うなぎ
料理人季蔵捕物控

書き下ろし

日本橋にある一膳飯屋〝塩梅屋〟で毎年恒例の〝筍尽くし〟料理が始まった日、見知らぬ浪人者がふらりと店に入ってきた。病妻のためにと〝筍の田楽〟を土産にいそいそと帰っていったが、次の日、怖い顔をして再びやってきた。浪人の態度に、季蔵たちは不審なものを感じるが……(第一話「想い筍」)。他に「早水無月」「鯛供養」「旅うなぎ」全四話を収録。美味しい料理に義理と人情が息づく大人気捕物帖シリーズ、待望の第五弾。

和田はつ子
時そば
料理人季蔵捕物控

書き下ろし

日本橋塩梅屋に、元噺家で、今は廻船問屋の主・長崎屋五平が頼み事を携えてやって来た。これから毎月行う噺の会で、噺に出てくる食べ物で料理を作ってほしいという。季蔵は、快く引き受けた。その数日後、日本橋橘町の呉服屋の綺麗なお嬢さんが季蔵を尋ねてやって来た。近々祝言を挙げる予定の和泉屋さんに、不吉な予兆があるという……(第一話「目黒のさんま」)。他に、「まんじゅう怖い」「蛸芝居」「時そば」の全四話を収録。美味しい料理と噺に、義理と人情が息づく人気捕物帖シリーズ、第六弾。ますます快調!

時代小説文庫

和田はつ子

おとぎ菓子

料理人季蔵捕物控

書き下ろし

日本橋は木原店にある一膳飯屋・塩梅屋。主の季蔵が、先代が書き遺した春の献立「春卵」を試行錯誤しているさ中、香の店粋香堂から、梅見の出張料理の依頼が来た。常連客の噂によると、粋香堂では、若旦那の放蕩に、ほとほと手を焼いているという……（「春卵」より）。「春卵」「鰯の子」「あけぼの膳」「おとぎ菓子」の四篇を収録。季蔵が市井の人々のささやかな幸せを守るため、活躍する大人気シリーズ、待望の第七弾。

和田はつ子

へっつい飯

料理人季蔵捕物控

書き下ろし

江戸も夏の盛りになり、一膳飯屋・塩梅屋では怪談噺と料理とを組み合わせた納涼会が催されることになった。季蔵は、元噺手である廻船問屋の主・長崎屋五平に怪談噺を頼む。一方、松次親分は、元岡っ引き仲間・善助の娘の美代に、「父親の仇」を討つために下っ引きに使ってくれ、と言われて困っているという……（「へっつい飯」より）。表題作他「三年桃」「イナお化け」「一眼国豆腐」の全四篇を収録。涼やかでおいしい料理と人情が息づく大人気季蔵捕物控シリーズ、第八弾。

時代小説文庫

和田はつ子
菊花酒 料理人季蔵捕物控

書き下ろし

北町奉行の烏谷椋十郎が一膳飯屋〝塩梅屋〟を訪ねて来た。離れで、下り鰹の刺身と塩焼きを堪能したが、実は主人の季蔵に話があったのだ……。「三十年前の呉服屋やまと屋一家皆殺しの一味だった松島屋から、事件にかかわる簪《かんざし》が盗まれた。骨董屋千住屋が疑わしい」という……。烏谷と季蔵は果たして〝悪〟を成敗できるのか!?「下り鰹」「菊花酒」「御松茸」「黄翡翠芋」の全四篇を収録。松茸尽くしなど、秋の美味しい料理と市井の人びとの喜怒哀楽を鮮やかに描いた大人気シリーズ第九弾、ますます絶好調。

和田はつ子
思い出鍋 料理人季蔵捕物控

書き下ろし

季蔵の弟分である豪助が、雪見膳の準備で忙しい一膳飯屋〝塩梅屋〟にやってきた。近くの今川稲荷で、手の骨が出たらしい。真相を確かめるため、季蔵に同行して欲しいという。早速現場に向かった二人が地面を掘ると、町人の男らしき人骨と共に、小さな〝桜の印〟が出てきた。それは十年前に流行した相愛まんじゅうに入っていたものだった……。季蔵は死体を成仏させるため、〝印〟を手掛かりに事件を追うが——(「相愛まんじゅう」より)。「相愛まんじゅう」「希望餅」「牛蒡孝行」「思い出鍋」の全四篇を収録。人を想う気持ちを美味しい料理にこめた人気シリーズ、記念すべき第十弾!